給冥王星

For Pluto

張惠菁——著

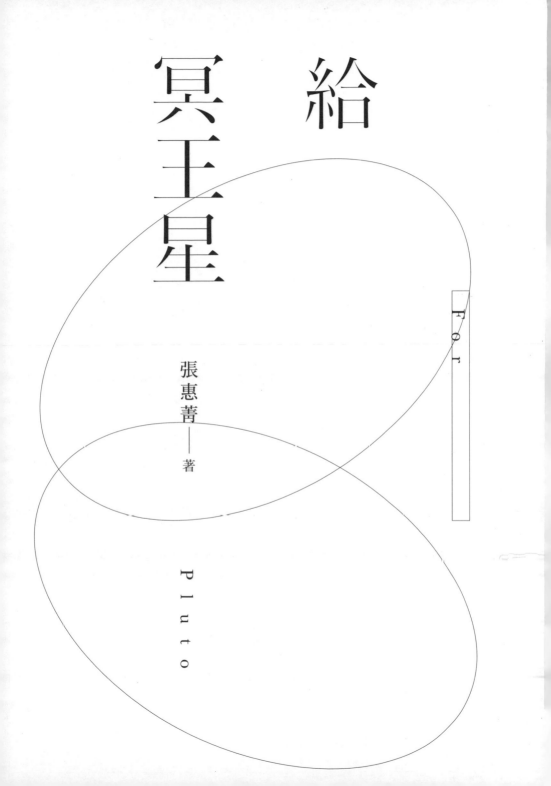

目次

序

虛空燦爛——在有冥王星的天空下

比如一個夜晚。比預想來的涼，也比預想來的靜。忽然就在那多出幾分的涼與靜裡無話可說。感覺有些簌簌地，似乎是擁擠的世間規範深植於我身上的某些制約，正在蒸發而去，細小魂魄一般從毛孔抽離散逸。一下子意識到，自己正在無所方向無所欲求之處。即便正走在路上，也並不覺得原來要去的地方真有非去不可的意義。如此，在時間與有限性的念頭再次湧上來之前，或許就是置身於荒野吧。而荒野，明確地呼吸著。

又比如那些週末的日間。因為家住在五層樓高的空間，正好是巷弄內樹木葉冠的高度。於是從清晨起，鳥聲便一直是背景音。倘若打開書，不，打開劇吧，這些背景音就會從意識中遠去，讓渡給劇裡的影像和聲音。其實是自願脫離日常，去跟隨劇裡的時間軸。而倘若又不是一齣足夠好的劇，常常就會邊看邊虛無地感到，自己為它放棄了點什麼，大概是時間的另一種可能吧。有時，也就聽著鳥聲再把自己的意識招回來，回到當下這個物理性空間。這個沒有殺人懸疑，沒有笑點或哭點，不以單一故事推進的時間。這個飽含歧義的此刻。

那些是意識到時間的線性的時候。也是意識到，時間的線性既是一種可能，也是一種陷阱的時候。是意識到在這一條線之外，還有一條平行的、還有一條歪斜的、還有不同轉速的時間的時候。是生出置身在此時間之外的念頭，從另一個角度俯瞰自身的時候。

又比如有一次，在用銅油擦拭一個生了綠銹的，手掌大小的憤怒尊像。一直覺得不夠乾淨。擦了一陣，開始發亮，放下時覺得還可以。過了一會再回來，又再看到，卡在細小的火焰紋路裡、火焰與底座的交接之處、腳踏的位置等等，還有更多藏得更深的銹垢。於是忍不住又再拿起來清理。一直到有人跟我說可以了，不要再清了，叫我去做別的事。從實際投入的時間或許是如此，或許還有其他的事更應該做，又或許，當時那盯著無盡細小處的污銹的我確實是在逃避著什麼。然而什麼是更該做的呢？那就像是站立在地面上，忘乎時間所以，沒有過去也沒有未來地打掃整理著一個小空間，忽然有宇宙飛船從上方經過，有人從那裡喊你。你接觸到的或許是一個更大的時間度量。而你真的應該拋下手邊的事，搭上那艘飛船嗎？

真相是，有我無法搭乘的飛船。它航行如此之近，彷彿正從頭頂掠過。我仰頭看著那飛船閃爍的底部，它巨大的量體我無法忽視，然而我不在它之中。

倘若一個人錯過宇宙飛船不只一次，是不是注定他是一個無依者？或是，正因為不在船上，他見到那飛船，又見到那飛船以及其他的飛船，系統與其他並行運作的系統。見過那些敘事，有的光輝熠熠，有的龐大。見過許多卻一直不屬於其中任一，游離逗留在它們之外。每次見到飛船都同時看到飛船之外更大的黑暗的宇宙，並且無法把眼光從那虛空移開。倘若一個人是這樣，那麼或許對他而言，多系統而無究極的歸屬，無法據為己有的廣大，便是世界的本質。

*

寫《給冥王星》的那段時間，我的生活經歷很大的變動。離開前一個在博物館的工作，接受了一個在上海的私人公司職位，於是打包行李，搬到對岸去。現在回頭看那段時光，其實很不可思議。

再把時間往前倒轉個幾年，父親在十分突然的情況下辭世。我和家人都沒有心理準備。因此父親的死並不是個結束，而比較像是一個潘朵拉盒子打開。

很長一段時間我們各自在心裡一遍遍淘洗，父親的驟然離去、他所留下的空白，死亡，對我們意味什麼。我和姊妹生活在距離遙遠的城市，因此我們是各自孤立地面對這道題。而它在時間中不斷以各種變貌出現。

最初那段時日，對我而言最艱難的，或許不是從父親轉移到我身上的家庭義務，而是一種對敘事的抵擋。我在抵擋著，母親從無意義中尋找意義的企圖。母親在父親逝後，嘗試過各種敘事，試圖定義那個男人的一生。她會忽然開始數說，他做錯了什麼、為何不能做得更好。她經常在吃飯的時候，在走路的時候，忽然就數說起父親來，一遍一遍，夾帶著情緒的衝擊。起初我試圖為她開解，後來只能沉默以對。

更後來我才理解，那無數次輪迴的述說，其實不是關於父親，而是關於母親自己。在父親之死帶來的忽然變動前，母親需要一個解釋。然而她能夠找來充作敘事支架的，只有那些最世俗的價值：這個男人是否成功，是否負責，我們的家庭是否符合別人眼中的美滿幸福，讓丈夫那樣死去是不是一種失敗，丈夫放手離去是不是對我們這個家的一種背棄。這個敘事空間，其支架落定的位置實在太被世俗標準所決定了。母親並不是個不智的人，但當人太想在標準中肯定自己時，是無法從標準中脫身的。

就像建築在風中的沙堡。我們一隻眼睛已經看穿，那是禁不起拆穿的幻影——它的每一粒沙子，即使確實出自父親生前說過的話做過的事，其被建構安置的位置也只是呼應某種，對我而言十分專制的價值觀。然而，在現實生活中，我們又因為建築這虛幻沙堡的正是我們的親人，而投鼠忌器。從這點上說，我對父親的送別，其實沒有即時完成。那場按著習俗走的告別式，那套司儀在儀式中理所當然講述的，充滿世俗語言的亡者人生回顧，實際上是行不通的。用世俗價值揑塑一個人人生的敘事，是一件過小的緊身衣。一旦意識這點，便回不了頭去相信。日後我還會不斷遭到那敘事的伏擊。伴隨著我自己人生的失敗，那由虛幻的沙粒構築起的城堡的形狀，總在每一個岐路的時刻發出地嗚。那沙風暴在說，你既已不信，為何還要走進來？

還要到累積足夠多的失敗以後，我才逐漸學會，或許，確實是有可能一隻眼睛看穿虛妄，一隻眼睛看出（像把虛空中的點連線成圖形般）令自己令他人在此世安魂的敘事。那是一個選擇，出世與入世。或許，早有許多人即使不說，也已經這樣在做。這是人類作為社會性動物的命題：拓展敘事以安置那些被排除的無處容身的事物，與看清建構的虛妄而解消那些失效、成為魔障的敘事。兩者同時發生，相互轉動。再解消再建構，再建構再解消。

這大概是西元兩千年初，我處在的一種狀況。世界大環境似乎是樂觀的，網路正發展，「全球化」三個字經常浮現，不久便出現了像《世界是平的》這樣的書。台北蓋起了一〇一大樓。我在故宮工作，那也是一份不易的工作。但是不久故宮開始籌備南部分院，而且將是一所亞洲博物館。新的事物在發生。然而世界蓬勃的表象下，改變或許並沒有那麼快。在我人生的許多角落，我仍然與各種陳舊的敘事搏鬥著。它們自四面掩至。家人，社會，有時也是我自己。

二〇〇六年，我在故宮作為機要秘書的職務，隨院長任期結束而終止。我去了上海。

*

父親過世後兩年，姊姊的兒子出生。母親開始經常住在美國東岸姊姊家裡，幫助她照顧孩子，我有比較長的時間一個人生活。之後，我自己從故宮離職，自己做了決定去上海，自己開始收拾行李，準備到另一個城市生活。本來我也準備自己買好機票，就自己搭車去機場，但母親堅持要從美國回來。

母親回來那天，我打開門。「啊，你理了光頭。」母親說。「很好看。」

母親在開門瞬間的這個反應，我大概一輩子會記得吧。我皈依藏傳佛教，吃過一陣子素，每天做功課。去上海之前師父讓我理光頭，我照著做了。也開始迎向這新的外型帶給我的衝擊，路人的側目，朋友的評語等等。我沒有事先告訴母親，但我很清楚，舅舅其實早就用越洋電話裡告訴她了，或許這是她要專程從美國回來的原因吧。

但母親隻字不提，實在很沉得住氣。那次，她沒有批評我的決定，對光頭和對上海都沒有，甚至開心地說好看。這次經驗使我感到，若非時代限制和巨大世俗的綑縛，她其實有可能是個見識更不凡的人。她或許，也以她自己的方式在看見沙堡的虛妄，以及自由的可能吧。

*

二〇〇六年我所抵達的上海，和現在的上海很不同。

大概所有曾在九〇年代與兩千年代之初置身於中國的人，都會立刻明白我所說的不同吧。就像共同去過一個已經消失的國度，在幾句話之間認出彼此都是有那彼岸經驗的人。也都幾乎一定會感慨，當時的上海或北京如何在十到二十年內消失得無影無蹤。

那個上海，對我而言最適合描述它的方式，是它到了夜裡還有一半在暗影之中。當時我住在西蘇州河邊，隔著河，對岸是閘北。現在閘北商辦大樓林立，夜裏也是燈火通明。但是當時，河北岸只有少數的大樓會整夜亮著燈。沿河是低矮的平房，過去應該就是王安憶的小說《富萍》裡寫的，一下大雨就淹水的貧戶區吧。從我住的樓房走出，有一段路兩側也都是低矮的平房。市區也是，還有大片未被改造成高樓的地方。那時中國的政治氣氛和現在也很不同，報紙和雜誌可以看到有深度的報導，網路上的言論空間也比現在更大得多，沒有那麼快被消音。有一種可以稱之為樂觀的，事事都還在生長變化的氣氛。我做著一份網路公司的工作。週末在家裡讀索爾·貝婁、納博科夫、普魯斯特。對這座城市感到奇妙的體驗，每週一次用專欄寫下來。

和那個上海的關係結束得很突然。二〇〇九年我因為故宮官司的緣故，回台北應訊。官司一打就是三年。三年後再回上海，已經是一座不同的城市。城市開發得極為迅速，夜裡，沒有哪塊地還在暗影之中。市中心名牌精品店一棟接連一棟，從挑高樓面落地窗傾瀉而出的光線，銜接成一條河。與兩千年代之初我住過的上海相比，就像是人生無法兩次踏入的同一條河。

既然，世界已變化如此之大，如今重出《給冥王星》是否還有意義？

當我自己重新閱讀這些書稿時，它帶給我些微的刺痛感。不是青春、懷舊這種天真的情緒，恰恰相反。《給冥王星》中的寫作者，是上海這座蒼老城市中的一個「新參者」。但她也已經是個，在自己的人生裡，多少看見過風中沙堡之虛無的人了。我能看見她在這世間影影綽綽的幻象之中，突圍的企圖。那也是用盡了全力的，一下下揮拳。現在的我，比她多一個站立位置，是在日後見識到更多、受過更重的傷、有更頑強的自以為是被打破，曾經更粉碎過的我。然而，有些事當時她竟已彷彿自管中窺見，甚至預知般地寫下一二了。這些文字中隱有棘刺，是她在那變動時代中張望，試圖看得更透，結果也確實有些視線穿透時間而出，到達此刻，未來的我跟前。「原來當時的我已經知道，也寫得出這樣的體會，後來卻還是跌跤與疼痛。」想到這裡，有時覺得人生近乎鬧劇。有些命題從來一直都在，自己未能辨明，於是在更多的經驗裡再受教訓、加倍印證，直到咬入肌理。遂換一個方式對自己說：「你已經在時間裡埋下理解的種子了。」

＊

於是收下這所有的經驗。再現的，迴旋的，一再重複、或無法重返的。接住所有那些從時間裡刺穿而來的。有時是考題，有時是種子生長的信號。

這當中很有趣地交疊著的，是有關冥王星的一兩件事。冥王星在二〇〇六年被從九大行星除名。二〇一五年我在北京時，冥王星又一次上了新聞，這次是它被人類的太空船拍到影像，首度傳回地球。影像中的星球表面，像是抱著一顆心。〇六年那時，我特別留意了冥王星的新聞，記得當時聽到的說法是，冥王星的軌道恐怕未必是完全繞行太陽的，因此不符合太陽系九大行星的定義。現在我再上網查，查到的說法是，冥王星被降級為矮行星的原因，是它雖然大體繞行太陽，但無法從軌道上排除其他星體。

這兩種說法應是一體的兩面。因為其軌道無法排除其他星體，冥王星移動著一條不完全以太陽為中心的路徑。它在那黑暗的宇宙深處，做著更不可測的運行。

倘若我能解消一切虛妄的事物，甚至也解消自己的存在，乃至無有所依，或許最為單純。倘若不能，在世界繁複的歧義、多種並存的質量牽引力中，試圖突圍，有時也連點為線，往前建構一更廣大，容納著自我也容納著他人的路徑。這，或許是此生作為人類這種社會性動物，被給予的預設性考題吧。

《給冥王星》集中大部分的文章，寫於二〇〇六年前後。當時是一個和現在不太一樣的「全球化」時代、不太一樣的「數位化」時代，書中許多文章也反映了這一點。然而不論作為一個人類，我們所處的是什麼樣的時代，借用哪些有形的事物來譬喻和言說，我們所經歷的此生也便是一個例子，關於時空中有限的自我，如何理解、銜接、嵌入那大於自我的萬事萬物。似一幅曼荼羅。

而《給冥王星》即將出新版的此刻，是二〇二一年五月。全球COVID-19疫情之中，台灣在一年多的穩定控制之後，傳染忽然爆發，進入了三級警戒。我們比世界其他地方的人們，晚了一年地，開始減少外出、在家工作，用網絡遠距開會。多年前，我在〈風塵僕僕〉這篇文章中寫道：自我乃是舟筏。此時我想，這個自我的外延，與社會、與大我、與世界銜接組合的方式，何嘗不是舟筏的一部分。無論和諧或衝突，共鳴或抵抗，締結或斥離，也都是這舟筏行進的方式。我們因它而經歷，因它而思索。在此生中捎我一程的，一路或遠或近相伴的，不是只有「自我」，更有每個時空當下緣法關係的萬般變化。我如今看著這艘「舟筏」，歷經多年，在我眼裡它的定義擴充，未知是航道算式內的隱藏值，其軌道是燦爛的虛空。這艘舟筏，我仍然對自己說：我信賴它，在地面上捎我一程。

而行星、矮行星，整個宇宙過去現在未來的飛船，都在大上路過。

這是一個有冥王星、有各種不可知、不可化約事物存在的天空。

二〇二一年五月二日，於台北家中

二〇二一年五月二十日，修改定稿

光頭報告

二〇〇六年的四月，我理了光頭。

說起來台灣的男生，多少都理過光頭，或是很短的平頭。但是大部分的女生幾乎一輩子不會看見自己光頭的樣子。頭髮可以做很多的變化，留長，剪短，打薄，留瀏海，染色，挽起來，編辮子，別髮夾。換髮型是一種最容易的改頭換面，比出門旅行還要快速有效率。如果你想要在生活裡做點改變，但肯負擔的風險又沒大到換工作或換男友，那換個髮型已經算是成本最低的了。

光頭例外。不知道為什麼，女生理光頭至今仍被認為是一件需要很大勇氣的事。你可以把頭髮削得很短，染奇怪的顏色，但是光頭，大家還是會問你：「是出家還是出櫃？」頭髮這東西，在文化裡，真的是被賦予了某種意義，現代人就算不是像參孫一樣把頭髮當成力量的來源，也是把它當作一種裝飾，一種表情，或像一件衣服。而我們已經習慣對任何的裝飾、表情、衣服都緊抓著不放。扔掉其中一樣，像是要你繳械似的。

實在沒那麼嚴重。二〇〇六年，因為修行上的需要，我終於看到自己光頭的樣子。第一個印象是：原來我的頭這麼小，五官的位置是這樣，整個比例都變了。鏡子裡的這個人既是我、又不是我。不過是把頭髮理掉而已啊，有什麼東西微妙地改變了。這個改變可能還要花一點時間成形，滲進我內裡，但是它確實發生了。

理髮的那天，晚上我的幾個朋友在一起吃飯，打電話來問我，去不去呢？我說，就去一趟吧，不過有件會讓妳們嚇一跳的事喔。到餐廳的時候我戴著帽子，他們全都轉過來，笑著用一種「妳搞什麼鬼啊」的表情看著我。

我把帽子拿下來，他們就開始大叫。不停地大叫。

接下來幾天，大概是我有生以來連續嚇到最多人的日子。看到我的人，當著我的面大叫。沒看見我只聽說了這件事的，在MSN上用表情符號大叫。我這輩子從沒被這麼多人大叫過。他們每叫一次我就再說一次：是的，是因為修行，但是沒有出家，也不是要去踢少林足球，只是理了光頭而已啊。

小芝說，好像很清麗的女尼，但是又有一點妖豔（奇怪，清麗的女尼跟妖豔到底是怎麼連在一起的？）。小慈說，看起來像是為了拿金馬獎而落髮的女明星（可能因為那天我戴著報童帽和墨鏡）。有人積極地建議我在耳骨上穿幾個環（為什麼光頭就一定要穿耳骨環呢？）。出去吃飯，點完菜後很自然地拿下帽子，麵店阿姨忽然用全店都聽得到的嗓門大聲說「哇妳好酷喔」，真是嚇死我了！（我說謝謝，那可以送我小菜嗎？）見到訪台的藝術史學者柯律格，留著灰白短髮的他，跟我說的第一個話題是有關電動理髮刀的號數問題。

大家都會開始聯想，在小說或電影電視裡看過的光頭女生，比如說《笑傲江湖》的儀琳師妹（還會有人搞錯講成岳靈珊）。百分之八十的人都會對我提起賴佩霞，說：「你知道她嗎，她也是因為修行的關係理了光頭。」但是有一天我忽然想起，完全沒有人提到辛尼歐康諾啊。一個名字被遺忘，就表示它不再會被拿來比較、譬喻，不會再被用來拼湊我們對這個世界的理解了。事實上我也幾乎忘記她了。那天回到家裡我翻出辛尼歐康諾的CD來，聽了一次，然後收起來。

我和人的關係似乎微妙地改變了。當我的朋友們看見我，在第一眼的吃驚之後，接著便會開始尋找語言，試圖描述、解釋我現在的樣子，說好或不好看、說像或不像誰。這些話語，其實也是在重構他們對我這個人的認識吧。我對自己的認識也是一樣，身體與臉孔變得陌生，早上打開衣櫃我想，這樣就不適合穿洋裝了吧。理頭髮，說起來只是一個外在的動作，卻好像起了一種直接的作用，強制地把我從原來那個叫做「張惠菁」的固定形狀鬆脫開來。

於是我們就可以去面對某些更深層、也更基本的東西了。

於是才發現，所謂的「自我」，是怎麼樣一種既狹隘又廣大的東西。以前留著頭髮的時候，那個人是我。理了光頭以後呢，我還是我，這個存在還是存在，卻又好像變了一個人，很多感受不一樣了，我和人的關係也不一樣了。但這個竟然也還是「我」，所以先前對「我」的一些執著是迷信而偏狹的嘍？真正的「我」是很廣大的嘍？它還可以繼續變化下去？生命本身可以容受我從沒有預想過、無法以理性預作準備的變化？

有一天我到學校查資料，遇見一位師長。她看見我的光頭，當然也嚇了一跳。那天我忽然覺得有很多話要說。外表究竟是怎樣的東西？我們認識的自己，有多少是受了妳、或是妳看自己、或是妳想像他人看妳的眼光所影響呢？

這些交錯而紊亂的視線，我們如何受了它們的牽動，有沒有可能整理成更單純坦白的眼光？在學校的茶水間裡，老師聽著那些還在整理中、混亂而不成熟的想法。

「妳師父是給了妳棒喝啊。」她微笑而包容地說。「從妳最在乎的事情開始斬斷。」

有時覺得，在這世間發生的許多事，像是投到存在的水塘裡的一塊明礬。在這自我的水塘中，有些念頭浮現，有些沉澱。也許正在逐漸地聚攏形成，一條新的路徑。

為了追見一節竹子

隨手翻著書，看見蘇東坡寫他的好朋友、畫竹名家文同的一篇文章，〈文與可畫篔簹谷偃竹記〉。「竹之始生，一寸之萌耳，而節葉具焉。自蜩蝮蛇蚹以至於劍拔十尋者，生而有之也。今畫者乃節節而為之，葉葉而累之，豈復有竹乎？故畫竹必先得成竹於胸中，執筆熟視，乃見其所欲畫者，急起從之，振筆直遂，以追其所見，如兔起鶻落，少縱則逝矣。」

這篇文章的名氣，主要來自它包含了蘇東坡評價文同的畫論。但實際上它也是一篇祭悼的文字。那應該是個晴朗的日子，七月初七，蘇東坡正把他的書畫收藏拿出來曝曬，在許多畫卷當中，看見已死的文同所畫的墨竹。晴空之下，痛哭失聲。

在我心裡，已經有了那個蘇東坡站在朗朗七月夏陽之下，冷不防被傷痛給灼燒了的畫面。再回頭讀這段論文同畫竹的文字，總覺得不只是對畫藝的評論。而帶有一種傷逝的速度感。初生的竹子，只有一寸長的時候，已經是有節有葉，接下來一節一葉地抽長生長，彷彿不斷重複著自己，而至累積到十尋的高度。對於這樣的竹子，蘇東坡說文同的畫法不同於尋常的畫師，他不把竹子看成一節一葉緩慢的累加，而是先把竹子看進了心裡，然後迅速地「追其所見」，在紙絹上快速顯影心眼所見的竹子。

那是一種追趕。印在心裡的事物，無形，無影，轉瞬消逝。藝術便完成於那夢幻泡影的瞬間。當它成就之時，擴大了那個瞬間，像是對這不停息的宇宙進行了一次干預介入。但同時，創造出來的藝術品、創造藝術的人，也進入了這世界的時間流轉裡。畫家離開了，他的朋友落淚了。發生這件事情的日子，距今已經有九百二十七年了。

另一件表面上不相關的事是：有一天我看了一個男女配對交友的電視綜藝節目。類似的節目以前也曾經有過，但現在遊戲規則和話題都變得更複雜，幾乎所有人都在說自己被前任男友或女友劈腿的慘痛經驗，然後再從對面的異性當中選擇自己想要配對成功的一位。十分鐘後我忽然有一種很錯愕的感覺：大家都覺得這節目好看嗎？只有我覺得那些在聚光燈下被放大講述的過去，示好或試探的姿態，殘酷得難以負荷嗎？我不是說戀愛不行，而是那種「上一次遇人不淑，希望下一個會更好」的期望，那種把幸福強烈寄望在「找到下一個人」的執念，濃濁得讓我呼吸不過來。

我以存疑的眼光看著這些，忽然就想起在公車上聽到司機說，冬天是許多流浪狗死在大客車停車場的季節。因為大客車跑了一天下來，輪胎冒著熱氣，常會有流浪狗靠在輪邊取暖。下一個司機要是沒注意，開動了車子，立刻就是肚破腸流的景象。這聽來的畫面實在太慘烈了，我久久不能忘記。那朝不保夕的命運，彷彿一種隱喻。為了一點溫暖，誤信輪胎是永恆不動，幾乎必死無疑地依靠了上去。

在這些片段的事物當中，有時感覺在一瞬之間瞥見了，自己依賴著什麼而生。一直以來，如影隨形附著在某些依戀之上，恐懼於放手。要經過許多事我才明白，那樣的攀附並不帶來安全。相反地，依附的本質是漂蕩。赫曼赫塞的小說《流浪者之歌》，我在高中時候讀了那本書，當時並不知道悉達多不只是一個角色，而正是我自己。我們生來是流浪者，跟隨著貪戀的事物轉。在那些事物瓦解消失之時，茫然若失，不知接下來該流浪到哪兒去。

有時候，所依戀的事物就在眼前，我看著它，不動感情地，像看著一朵花，每條脈理都清晰透明。彷彿一個物件，步驟與成分均可被拆解，於是就看見了那些偶然的、毫無道理的部分。「為什麼依戀它呢?」甚至覺得自己很無聊了。但另一些時候,則是一無防備地在慣性的依賴裡呼吸。

如果,這兩種極端之中,我能夠只用其中的一種過生活,會不會少一點流浪感呢?要是我一無反顧地依戀,不留退路,或許是一種活法,像小時候看的那些太空旅行科幻卡通,太空人們浸泡在睡眠的液體裡,任性地一睡不起——這樣做的危險是:喚醒的強制裝置並不握在自己手裡,有一天,鬧鐘響了,你還是得醒來,發現自己登陸在一個陌生的星球。另一種路是,如果我能全然看透事物的本質,沒有那些明知無理卻還是存在的依戀,我便會自由了吧。問題是,屬於我現階段的流浪者之路,就是擺盪於兩者之間吧。不完全的夢囈與不完全的清醒。蒙上眼睛賴在夢境裡是做不到的,但也還沒有透徹到來去自由。周遭的世界如文同的竹子般不斷抽長生長,一瞬之間,我看見了什麼,追趕著什麼呢?

幾個世紀前的那個七月七日，蘇東坡在曬書之時，忽然感受到的心痛，也是一種流浪感吧。他的好友文同已經從這個世界消失了，兩人之間往來的回憶，一封信，一張畫，都是無法再重來的片斷。他已經無可選擇地，從過往流浪開來了。也許他也在那一刻體會了追趕的本質？所謂「追其所見」，事物在你看見、並加以賦形的剎那已然改變。意識到這點的瞬間，那個曬書的院落忽然變得好大，像是在另一本小說裡，流浪者悉達多正要渡河，在他眼前敞開的那種無垠廣大。

果蠅

在我供的壇前，近一個月來常有果蠅。有時它們會掉在供杯裡溺死，這在過去一年多是從來沒有的事。

果蠅現象發生後，我始終很在意。每天早上換供時，便暗中希望今天不要再招來果蠅了。晚上回到家的第一件事，也是去檢查，供杯裡是不是又浮著果蠅的小屍體。雖然果蠅不會帶來什麼危害，但牠們落在供杯裡，或是棲息在佛壇前，卻在我心裡引發一種不潔感。為什麼過去沒有，最近卻特別多呢？覺得好像是自己修行缺漏所招致似的。

很沮喪。

每天，我盡量把壇前打掃乾淨，但總是有一兩隻果蠅棲息不去，把佛壇當作牠們的家了。在我想像中，佛壇應該是清淨的空間，不該有果蠅的。我覺得很沮喪。

對於這件事，師父只說，平常心。修行的道路上，無論遇到什麼事，就算是再可怕的事都以平常心面對。

又過了一個星期，果蠅減少了，但沒有消失。無計可施，我終於開始面對牠們存在的事實。

說到底，果蠅並沒有什麼可怕。牠們對我造成的干擾，只是反映了一個事實：在我心裡，仍然有著把果蠅視為不潔之物的成見。我仍然是那個執著的，見不得瑕疵的挑剔鬼，心裡暗暗收藏著一把度量世界的尺。

於是下定決心，果蠅願來便來，願去便去，我和牠們和平共處吧。牠們也沒嫌我礙眼哪。可能牠們有緣在佛壇前停留一段時間吧，這又和我有什麼不同呢。

但今早上香時，卻發現果蠅不在供杯的左右，而是停到圍繞佛像的哈達絲巾上去了。哎，牠可真會考驗我啊。

上網用MSN問師父：「果蠅停在佛像上了啦，要不要趕牠？」

「不用。」師父說。「那隻果蠅就是妳。」

幾天前，一位朋友在閒聊中對我說：「其實妳不了解那些和妳不同的人。」

這話使我大吃一驚。我一直以為我觀察周遭的人很仔細呢。

她舉了個例子，來說明她的這個評斷：「妳不是很能了解……比如說琪琪。」

琪琪是我的一個小師妹。年紀很輕，二十來歲。我們都很喜歡她，但也對她很頭疼。因為她有個毛病，就是經常會聽錯別人說話的意思，做錯被交代的事。因為這樣的緣故，她工作一直很不順。再加上她的運氣，也真是超乎尋常地差：小時候父母離異，生意經常地失敗。長大後去工作，打工的餐廳倒閉了，僱用她的旅行社負債了，後來去學健康推拿，連教她的師傅都出車禍了。談戀愛，男友在她身邊心臟病發作暴斃了。第一次聽到她這一連串經歷的人，都會感到匪夷所思到好笑的地步，活脫脫是一部港產黑色喜劇。尤其她看上去清秀又乖巧，誰會相信在二十出頭的年紀，她已經歷過人生一扇又一扇的門才剛在眼前打開、彷彿有路可走了，轉眼又闔上，仍然是茫然不知該往何處去。

朋友說的沒錯。我並不理解琪琪。

琪琪曾經在待業的期間，在我家住了一個月，幫忙我一些生活上的瑣事。一開始我很高興有個室友兼助手。但不久我發現，我和她溝通也有問題。

琪琪經常會做錯事，不知道為什麼。例如她買了五個雞蛋回來，一進門就把雞蛋掉在地上全部打破了。請她發了email，內容卻是錯的。即使不談做事，說話也有同樣的問題。交談時，她臉上的表情讓人不確定有沒有在聽。她會對我說某某人或某某事「很奇怪」，卻說不出哪裡奇怪。在她與外界的世界（包括我）之間，彷彿有一層膜。她無法突破那層膜，接上外界通用的系統，把她心裡的世界，翻譯成外面能聽懂的語言。

一開始我想：像這樣的事只要努力就可以了吧，做不好一定是因為不夠努力啦。我沒有意識到這個想法其實是蠻橫的，那是我們這種比琪琪好命的人，所認定的道理。我們這樣認定，是因為我們的努力曾經獲得回報過——我們的運氣多麼好。

琪琪搬來不久，我便失去耐性了。但一發脾氣，又覺得自己像是欺負孤苦無依小女孩的壞巫婆。於是我開始訂出一些規矩，想要改變她。例如我覺得她需要練習溝通，就規定她「每天要講一件事情給我聽，有前因、有後果，要注意事情發生的順序」。她在上海住了一個多月，我自認我們的相處方式應該是有改善的。

直到現在回想起來，我才發現，我從來沒有從她的角度看事情。一直是以我自己的角度來認定，她「應該」怎樣做、怎樣學。我一直沒有去了解，琪琪那個與我根本不同的內在系統。

但對於修行這件事，她卻是堅定的。

她的理想是成為佐佐木小次郎。

不是歷史上真實的佐佐木小次郎。而是井上雄彥的漫畫《浪人劍客》裡的佐佐木小次郎——井上雄彥大膽改編，將小次郎創造成一個聾啞的劍客。

在那個血肉橫飛、生死一線的劍客世界裡，佐佐木小次郎是有缺陷的。少了聽覺的輔助，他無法聽見敵人踩在落葉上的腳步，或是暗器破空而來的聲音。即使如此，佐佐木小次郎卻從這缺陷中開發一條獨特的取徑，鍛鍊成一代的高手：或許是因為聽不到外面的世界，反而能夠心無旁鶩；或許是無力溝通於他人，反而能長期傾聽自己，釋放在的力量。總之，他竟突破了包裹住他、阻斷溝通的那層無聲的膜，缺陷竟轉化為優點，成為他楔入大道的法門。

看到琪琪說，「想要成為佐佐木小次郎」時，我感到很慚愧。

我和琪琪並沒有那麼不同。說到理解，我並不理解她的世界，或是佐佐木小次郎的世界；我也不理解停留在佛壇前的一隻果蠅的世界。其實所有人都是缺陷的，居住在自己有限的視角裡。本來就是從這無知的基礎，起步去打開包裹在自己身上的層層限制。

想起了有關六祖惠能，有名的禪宗故事。

神秀的偈語是：「身如菩提樹，心似明鏡台。時時勤拂拭，莫使惹塵埃。」惠能的回答是：「菩提本非樹，明鏡亦非台。本來無一物，何處惹塵埃？」

惠能的回答絕非只是文字遊戲。他看見一個沒有內外界線，沒有淨與不淨分別，樹與鏡台不構成阻礙、故也不著塵埃的世界，從那體會的深處，才說得出那樣的話來。我從自己片面、缺陷的視線裡，嚮往著那樣的境界。

午睡時，半夢半醒之間，發現我正從側面、仰角的方向，仰望著一尊籠罩在金色光芒中的佛像。近處是佛像的持杖，接著是佛像的側臉，瓔珞，與頂冠。

那是，果蠅的視角啊。我在夢中意識到，我正化身為早上那隻果蠅，從它棲停的方位，仰望著佛壇上的蓮花生大士。

路邊攤的Brunch

早上出門到銀行去辦事。沿途的大馬路正在進行捷運施工，朗朗陽光底下，機械車輛與鐵皮圍牆成了最主要的風景。忽然想起附近有以前媽媽常帶我去吃的一個小攤子，不知還在不在？於是就繞路過去看看。

小攤還在。但是沒看到小時候常見的光頭老闆（他總是把綁著扭成繩狀的毛巾綁在頭上），也沒看到後來見過的第二代年輕男老闆。是一位約莫三十出頭，模樣親切溫和的女性在掌勺——是女兒，媳婦，還是其他家族的成員？我猜不出。小攤是做早上生意的，這時約莫上午十一點，攤子上已經沒什麼客人，放壽司的玻璃櫥都空了，顯然已經過了這一天最主要的營業時間。我問：「還有嗎？還有什麼？」

老闆回答：「有啊。還有米糕。排骨湯也有。」其實不餓，但還是點了米糕和金針排骨湯。「生意還是那麼好啊。」我由衷地說。

她好奇地看著我。也許她覺得奇怪，這樣說話方式分明應是熟客，可是卻記不得見過我這人。

「比較少看到妳呢。」她說，以一種溫柔的模稜兩可。

小攤賣的吃食，是一種奇妙的組合，有日式的海苔捲、豆皮壽司、味噌湯，還有台式的脆腸湯、金針排骨湯、芋頭排骨湯。排骨是炸過再蒸的排骨酥。湯裡可以加冬粉。再就是筒仔米糕。

小攤子每天從早上八點開始左右開始做生意，通常不到中午，就賣完了當天的分量。因為位在東門市場附近的一處巷道口，主要的客人也多是到市場去買菜、住在附近，或做跟市場相關工作，而早起來到這兒的人。小時候我們常是在跟媽媽去市場的路上，由媽媽領著坐下來點一碗湯或一份壽司。後來不愛跟媽媽上市場了，就變成由媽媽買外帶回來，再把我們從床上挖起來吃。

「排骨冬粉、壽司，起來吃喔！」她總是一打開家門就這樣喊。

等待排骨湯和米糕上桌時，我打量著四周。旁邊的樓房拆了，鐵皮圍牆的另一頭正在打新建大樓的地基。戴著黃色工地安全帽的工人大哥走過來：「芋頭排骨冬粉！湯多一點！」又爽朗地笑著說：「啊料不用多啦！」

放在湯裡的高麗菜是漬過的，有點像北方館子裡的涼拌白菜。於是就不似一般加在麵湯裡的青菜，燙成了跟湯完全同樣的味道。而是高麗菜有獨立的酸甜口味，再和湯融在一起，味覺上多了一種層次，而且也能保有新鮮的脆度。再加上香菜、冬菜，以各不相同的口感，烘托蒸得極爛的排骨酥。確實跟我記憶中的味道一樣，長大後我也從沒在別的地方吃過同樣口味的排骨湯。只是小時候的我沒看過那麼多美食節目和漫畫，說不出上頭這段話。

作為早餐，排骨冬粉、米糕、海苔捲的分量算是不小。雖說這家攤子作法比較清爽不油膩，但一大早喝排骨湯，還是跟現在一般人對早餐的想法很不一樣。對我而言這已經算是午餐了。

或許那是一種完全不同的關於早餐的思維，主要提供給一早便在市場周邊工作、採買、活動，需要食物補給體力的人們。又或許是一些家庭主婦在買菜的途中停下來犒賞自己，順便買午餐回家。換句話說，它是因應著市場周遭的人群生活、流動節奏，而產生出來的一種獨特的早午餐。

女老闆跟我說：「我們要搬了。搬到連雲街。」

「是店面嗎？」

「是啊。還在裝潢。」

這麼說，小攤就快要不是小攤了。變成店面後，營業時間也會改變吧，應該不會只做早上的生意了？連雲街雖然也離這兒不遠，但節奏已然跟這更緊鄰東門市場的區域不同。連雲街某種程度也像永康街飲食商圈的外延，街上的麵店、自助餐店都是做午晚餐生意的。那麼，小攤要脫離早晨市場的生活圈，進入另一種節奏了嗎？

星期六的早上，我又去了一趟小攤子。

這次，時間是上午九點左右，小攤上坐滿了人。掌勺的是從前看過的年輕男老闆，那天親切跟我聊天的女老闆則負責切壽司，此外還有兩三個幫手幫忙端湯打包等。即使如此，老闆們仍然忙得滿頭汗。生意真的很好。

這次點了金針脆腸排骨冬粉。打包海苔捲和豆皮壽司帶走，當作下午朋友們來家裡時配清茶的點心。

這可是星期六的早上呢。小攤上的客人卻都是單獨一個人而來，面對著一碗冬粉或排骨湯，毫無交談地吃著。或許，上傳統市場是件一個人做的事？主婦們從自家屋門走出，拉著菜籃去買菜，跟菜販還價、要蔥要蒜，然後又各自地回家，把食物供應給家裡的孩子——他們睡過頭，但是不必出門就有得吃。

不知是不是巧合，男性顧客都坐在靠近大鍋的那一頭，也許穿著汗衫的他們比較不怕熱氣。比較遠的這端，則是主婦們的區域。在我面前是一位約莫五六十歲的婦人，戴著翠玉手鐲，兩手分別一只珍珠及瑪瑙戒指。她的衣服並不是昂貴的質料，而且因為上衣跟裙子都是粉紅色，就顯得有點刺眼。但看得出她自有一套美學，有那個年紀人獨有的講究方式——頭髮是在美容院做的，眉毛是紋過的，隨身還帶著摺扇。她吃完一碗冬粉湯，打開摺扇搧了搧風，從包裡取出手帕來擦汗，又拿出粉盒來在鼻頭上補撲了點粉。這樣一個貴氣與俗氣兼而有之的婦人，一早流著汗坐在小攤上吃一碗熱湯冬粉，也是這市場周圍獨有的景象。

同樣的這個星期六上午，在城市其他地方，例如安和路的咖啡館裡，也有人正吃著西式的brunch吧。吃brunch通常不會是自己一個人，那好像應該是件週末早晨跟朋友一起做的事。因為是假日，所以大家都顯得比平常輕鬆些。也許還會抱怨前日工作上的事，但也是以一種懶散無所謂的態度，好像那些事情暫時跟自己切斷了關連。或許隨口說著前一晚上的笑話，喝著稀淡的美式咖啡。這樣，吃著作為假期開端的一頓早餐。

而小攤的冬粉米糕壽司捲，乃是另一種充滿台味獨特的brunch。既有排骨酥、脆腸這種台式料理，又有海苔捲、味噌湯這些由日式轉化為台式食物的混血痕跡。來到這裡吃brunch的人，他們不是星期一到五工作加班、星期六日晚起喝咖啡的中產階級。而可能是全年無休的主婦，或是一大早已經耗費相當體力的勞工。在這小攤子上，黝黑的工人，與戴玉手鐲的貴氣婦人，一同吃著爽口又滋養的冬粉湯。沒有人會抬起頭面對鏡頭講一些從美食節目學來的話。但屬於他們的城市節奏，則在小攤的這個角落，這碗湯、這條壽司捲裡展露無遺。

亞歷山卓城

連續幾天我都是在清晨四五點左右醒來。這裡是埃及北方的亞歷山卓城。我住的老式旅店，房間是維多利亞殖民時代的風格，不大，但挑高極高，因此躺在床上的我像是沉澱在房間的底部，空氣是充滿上世紀時代感的溶劑。向外推開窗子看見，天空的暗藍色正在這一刻轉為不安定。不知從哪裡傳來吟唱的聲音，殘餘的夜色便從內部開始，被光所瓦解。

底下的街道還沒醒來。附近街廓是亞歷山卓最熱鬧的區域之一，但現在她剛經歷了前一晚的雜沓，卸除了燈光的裝飾，又恢復成壞毀的、牆面剝落的、半塌的樓房。路燈還亮著。有什麼比清晨還亮著的路燈更讓人感到稀薄?

在過去的旅行經驗中,我從來沒有感到這麼孤獨過。我太大意了,對這個城市。

西元前四世紀,來自馬其頓的亞歷山大大帝,不知受了什麼動力的驅策,開始領著他的軍隊外出征討。像一支無法回頭的箭矢,一路破風挺進在歐亞大陸。所到之處,古老的王國應聲而倒。舊事物受到摧毀的同時,新事物也在創造,例如城市。亞歷山大大帝的東征的沿途,出現了許多以他為名的城市,埃及的亞歷山卓城是第一座。

亞歷山大的部將托勒密在埃及建立自己的王朝,下一代的托勒密二世則建立了亞歷山卓圖書館。這個圖書館曾經收藏了七十萬卷的藏書,成了古代世界知識體系的象徵,後來毀於大火。大量消失於火中的古代知識祕寶,也使這所歷史上的圖書館蒙上傳奇色彩。近年埃及政府在聯合國教科文組織的協助下,於亞歷山卓重建一座知識地標級的圖書館，已經在二〇〇二年正式開幕。

由於出版社的一個專題，我出發去採訪這所新建的亞歷山卓圖書館。事前讀了有關的報導，明白這是一個頗具野心的建設，當然館方深知毀滅的書籍不可能重生，累積藏書需要時間，因此打算運用數位技術，補藏書的不足。我是在這樣的印象下，準備來見識一所數位時代的圖書館。

但我忘了在圖書館之外，城市的力量。圖書館作為埃及近年重大建設計畫之一，集中了埃及國內外的人才與物力，使它成為城內一個特殊的空間，潔淨、理性，英語與阿拉伯語並行。出了圖書館，是混亂的交通，破敗的樓房，英語只在很少的地方、配合比手畫腳，才算有用。出發前我只顧著讀圖書館的資料，幾乎忘了我所要去的，畢竟還是一個文化、生活習慣和台灣很不一樣的地方，以致於到了才發現銀行已經在下午一點半關門，差點換不到錢，書店也在四點關門，且唯一的英文書店是語言學習類的。再加上語言不通，這城市對我像是一個打了繩結的包裹，該如何取出裡面的寶藏？

在托勒密的時代，是不是也是這樣呢？據說古希臘的學者如阿基米德等，曾經活動於亞歷山卓城。那時，他們與城市的關係又是如何？當地的居民，是用怎樣的眼光看待這個由外來統治者建立的知識殿堂？

我在亞歷山卓城的短短幾天生活中，碰到的第一個障礙是：計程車不跳錶。即使一上車先問價錢，司機常常只是模糊地說ＯＫ、ＯＫ，但在到達目的地時，卻開出一個顯然偏高的價格。我在想這到底是怎樣演化出來的一種營業方式呢？我的第一次埃及計程車經驗，發生在從亞歷山卓的客運總站到旅館的十五分鐘路途。下車時司機要價十塊美金，我說沒有美金，只給了二十鎊的埃及幣，約合台幣一百元。那時司機雖然以他有限的英語重複說著「十塊美金、十塊美金」，但眼看收不到錢也就算了，並沒有惡言相向，也沒有把我海扁一頓。因此事後我想，恐怕也不需要把司機的本意想成是勒索，只是不知從什麼時候開始，這變成一種很理所當然的作法：不跳錶，乘客問價錢時含糊地說OK、OK，最後開出一個高價來，看乘客願付多少是多少。

這類事情使得在亞歷山卓移動成了件讓人迷惑的事。於是我才意識到，坐車跳錶之類的規則，說起來是小事，但卻有很強大的規範作用，省去了講價還價的過程，把司機與乘客雙方平等地交給一個計算里程的黑盒子。

就算不坐車，步行也有步行的麻煩。這個城市有各種「站在路邊的人」，第一種是警察，第二種是小販，第三種是不知道他們為何站在路邊不過他們就是站在那的人（以第三種人數為最多）。三種人都有可能在我經過的時候，對我喊出一堆我聽不懂的話。並沒有什麼危險，只是不懂，不懂這個遊戲到底好玩在哪。我們所習慣的城市是高度匿名的，正常狀況之下你走過一條街道，沒人會注意你，就算注意也只是偷用眼角的餘光，不會大聲說出來。我們習慣在那樣的匿名中感到安全，而認為在陌生城市裡受陌生人注意，是尷尬的、令人不快的處境。我試著不去那樣想，但對我而言，這仍是一個難以入手的城市。

在亞歷山卓城的第三天，我的光頭造成了騷動。

中午，圖書館的咖啡館不知為什麼關閉了（門上沒有貼任何像是「牛奶用完了，暫停營業」的告示，因此也是不可解的謎之一），我只好步行一段路，回旅館附近吃午餐。路上風大，帽子戴不穩，我便把它拿在手上。

我一定是低著頭走路，還一邊想著下午的採訪，以致於幾分鐘過後，才發現周遭的騷動是針對我而來的。那段路的位置是在大學附近，可能因此有許多年輕人站在路邊，男女都有。我抬起頭來時，發現他們全都驚奇地看著我。當中有些男子向我豎起大拇指，女性則大多只是看著我，或是微笑不語。總之他們笑著叫著，騷動久久不散，熱烈的程度讓我覺得，再這樣下去會上報吧，SNG車會來吧？

（之後才想起，在埃及，在街上用專業攝影機拍照的話，是需要事先申請許可的。這樣應該就不會有SNG這種東西了吧。應該不會有記者昨天就知道下午一點鐘會有個光頭出現在亞歷山卓城，而事先申請了許可。）

回到飯店後，竟有種微微得意的、阿Q的，還以顏色的感覺。在亞歷山卓城給我帶來的困惑後，我也反過來對它造成一回小規模的驚嚇。

現代作家當中，與亞歷山卓有特殊淵源的，有出生在這城市裡的希臘裔的詩人卡瓦菲（Cavafy）。一生飄浪過大半個地球的英國作家杜若（Lawrence Durrell）也在這兒住過，後來寫了《亞歷山卓四重奏》。福斯特（E. M. Forster，《窗外有藍天》的作者）也寫過一本亞歷山卓旅行手冊。這些書在台北不易買到，我滿以為到亞歷山卓的書店找就是了，結果也沒有。也許當地人並不讀這些書。只有我們這些觀光客，需要在文字堆裡為一座城市附會身世與意義。

我們對一個城市的認識，需要文字的見證，需要古蹟、名勝、紀念碑的索引。在亞歷山卓這樣一個古蹟已然壞毀，歷史已然堙滅的城市，我認識這城市的路徑，彷彿記號被天空的飛鳥抹去。或許這便是為什麼，我在這城裡經常感到孤獨。那是一種沒有取徑可循，沒有文字、歷史、象徵可依傍，獨自面對一座城市的孤獨。

假面亞歷山大大帝

亞歷山大大帝可能是歷史上最傳奇的人物之一。他二十歲成為馬其頓王，二十二歲率軍度過達達尼爾海峽，進入亞洲，從此著魔般地橫掃歐亞大陸。三十歲不到已經打到印度西北部的旁遮普，從希臘往東到印度河岸全都向他臣服。連死亡對亞歷山大而言都是旋風式的，三十二歲那年他死於巴比倫。

對於那些被征服的邦國而言，亞歷山大的軍隊第一次出現在地平面，或從隘口湧入的時候，必然像是來自異世界的魔軍吧。這駭人的歷史事件，直接衝撞了當時人的生命。兩千多年過去了，仍在集體記憶中留有印記。

製作過許多歷史地理紀錄片的麥可伍德（Michael Wood）與一支拍攝小組，前後花了十年時間，走了兩萬英里路，重訪當年亞歷山大東征的路線。一路尋訪故舊，蒐集傳說、軼事、神話與歌謠，借重當地人的歷史記憶重構東征的史實。這趟艱困的旅程，除了拍成紀錄片，也出版為《亞歷山大東征傳奇——從希臘到印度的帝國之夢》（*In the Footsteps of Alexandria the Great*）一書。

透過這個重返歷史現場的紀錄，我們對於亞歷山大當年走過的地形，可以有比較具體的概念。歐亞大陸交界的地帶，遍佈著沙漠、山脈，與高原，行軍並非一件容易的事，更不用提隨時遭遇在陌生地形中出沒的敵軍。是什麼力量的驅使，讓亞歷山大如此著迷於征服？

亞歷山大生命最後的兩年內，性格中暴虐陰沉的部分似乎更加顯現，酗酒，喜怒無常，殺害老臣，殘忍地對付敵人與謀反者。他想繼續征服印度。但是他的軍隊已經疲憊了，離開家鄉，長征十多年，將領都老了，乏了，十多年來看著同袍臣屬仆倒在戰場上，病死在惡劣天候中，這一切都夠了。但是亞歷山大還堅持著向前推進，他的心態已經過了理性可解的範圍。

在激怒亞歷山大而獲死的軍中要員當中，我最好奇的是隨軍史官卡里斯提尼斯（Callisthens）。

卡里斯提尼斯的父親是亞里斯多德，古代希臘最偉大的哲學家之一，同時也是亞歷山大的老師。多年來卡里斯提尼斯隨亞歷山大征戰，以一枝筆幫助塑造了亞歷山大的神話。但這時他也已經不同意亞歷山大的作風了。

據說，卡里斯提尼斯最觸怒亞歷山大的，是他用《伊里亞德》中的典故警告亞歷山大，並且還連說三次：「帕翠克魯斯較陛下好千百倍，然而死神亦未放過他。」

《伊里亞德》是亞歷山大最喜愛的史詩。當年亞里斯多德帶領亞歷山大進入《伊里亞德》的世界。或許，從那時起，亞歷山大已經被那冒險與征戰的傳奇深深吸引，決定了往後一生有去無回的旅程。

我覺得奇怪的是，卡里斯提尼斯竟會用帕翠克魯斯來比喻亞歷山大。帕翠克魯斯是《伊里亞德》中最勇猛的戰士阿基里斯的密友。當阿基里斯與其他希臘將領不合，拒絕出陣作戰時，帕翠克魯斯擔心希臘會吃敗仗，遂穿上阿基里斯的黃金盔甲，假冒為阿基里斯驚嚇敵人，結果卻因此死於敵將赫克特之手。

一般而言，常被用來比喻亞歷山大的是阿基里斯，而不是帕翠克魯斯。

在亞歷山大身邊，也有一位他珍視如像帕翠克魯斯般的密友，即赫菲斯欽。他們之間著名的故事包括，當馬其頓軍攻入波斯王大流士的陣營，波斯太后投降時，將赫菲斯欽誤認為亞歷山大，向他行禮，這時亞歷山大說道：「沒關係，他也是亞歷山大。」

阿基里斯與帕翠克魯斯，亞歷山大與赫菲斯欽，這雙重的鏡像，同性愛的經典。而卡里斯提尼斯竟然選擇了用帕翠克魯斯，那個英雄的替代者，而不是英雄自身，來比喻亞歷山大。他是有意的嗎？如果不是有意的，怎會連說三次？

印度，終於還是成了亞歷山大的折返點。亞歷山大的征服只到達印度西北的邊區。但是當他接近了印度文明影響的領域，仍然在當地留下了許多傳說。有個流傳的故事說，亞歷山大在印度河岸上遇見一位僧侶，兩人一起在水中沐浴泡澡，進行哲學的討論。當亞歷山大說：「難道全世界都只是概念，純屬想像？」僧侶對亞歷山大說，不妨潛到水裡看一看。當亞歷山大依言潛下水面，他忽然忘了自己的身分，看見自己變成窮人，生活艱苦難捱，有一天外來的侵略者入侵，眼看災難就要降臨，而他無力抵擋……這時亞歷山大驚醒了，一看，自己又變回帝王，與僧侶一起站在河岸的石階上，全身還濕漉漉地滴著水。僧侶對他說：「你以為已經過了很多年，其實只不過一瞬間，因此你看，你只是個概念。」

這一類亞歷山大與東方智者對話的故事，就像其他亞歷山大的生平故事般，神話、傳奇的色彩遠大於史實。但我總覺得這些故事的流傳，是一種象徵，暗示著歐亞大陸各地的古老文明，並非只是被動地淪為亞歷山大侵略的受害者。而是，以更深沉的方式回應了他。

根據普魯塔克，還有一位印度僧侶見到亞歷山大時，說的唯一一句話是：「你為什麼大老遠跑到印度來？」

這是一個最簡單不過的問題，但亞歷山大恐怕回答不了。他一生讓人聯想到武田信玄著名的旗號「侵略如火」，卻遠非「不動如山」。僧侶不說亞歷山大怎會如此之強，他的軍隊怎會如此所向披靡。那些僧侶都不提，彷彿他並不覺得那有什麼好說，彷彿是把一切看在眼裡，是的，他來了，他侵略了，他把許多人踐踏在腳下了，但是，「為什麼呢？」一個純粹乾淨的眼神。「為什麼來呢？」

亞歷山大將死之際，他的部將圍繞在他病榻邊，問他欲將王位傳予何人。他說：「最強的人。」

或許他一生的追求是成為那最強之人。在死亡接近他時，他認為自己達到最強的境地了嗎？還是，最終他發現那不過是個鏡像的遊戲？如同派翠克魯斯披上阿基里斯的黃金盔甲上陣，他一直在假冒自己心目中最強的形象。為了讓自己接近那個形象，不斷地前進、征伐。

也許卡里斯提尼斯看穿了亞歷山大。也許他之觸怒亞歷山大正是因為如此。不在他忤逆亞歷山大的決策。而是他精準地說出了旁人毫無所覺，但亞歷山大日夜恐懼的真實——即是他力量背後的空虛：即使貴為王者，人人聞之色變，他仍然不是他想要成為的那個，神話史詩中的人物。黃金盔甲仍然不是他的。

最終他不過是阿基里斯的模仿者，就像派翠克魯斯一樣。也許這正是卡里斯提尼斯的訊息。比他好的模仿者派翠克魯斯也不免一死，死亡戳穿他終究只是凡人的現實，那麼亞歷山大呢？

卡里斯提尼斯受到了處決。亞里斯多德在遙遠的家鄉聽聞兒子的死訊，可曾意識這當中牽涉了一個隱喻，就埋藏在他多年前贈與學生的《伊里亞德》裡？史詩裡熠熠發光的英雄人物，驅使了亞歷山大踏上長征的追尋。如今，究竟將他引向了何方？

亞歷山大是不是在印度河邊，潛入深不可測的河水裡，遭遇另一種命運——受他大軍蹂躪的難民、家園破碎、親人死別，醒時茫然不知何處，站在岸邊，渾身濕透了業力？

或許最強的人是那個僧侶。他單純而無念地問：「為什麼呢？」

無敵的亞歷山大啊，這是他無法回答的問題，其難度更勝面對千軍萬馬。

圖書館形狀的慾望

克麗奧派特拉七世，一般以「埃及豔后」之名為人所熟知。我不知道這兩個名字哪個比較適合她。「埃及豔后」強調著她的「豔」，還有「埃及」，好像她是埃及這地方的名產似的（類似「宜蘭」牛舌餅，或是「大甲」草蓆）。但「克麗奧派特拉七世」這個名字，則提醒著她屬於一個漫長的世系。這個世系是托勒密一世於西元前四世紀在埃及建立的王朝，此後王朝一代一代的統治者，男的都叫托勒密，女的都叫克麗奧派特拉。彷彿他們並不是單獨的個體，而是從登基的那一天起，就像穿上同一件袍子般地，變成了同一個人。

並且這個王朝世世代代由兄弟姊妹近親通婚。也就是說托勒密們，和克麗奧派特拉們，互為夫妻。托勒密一世出身希臘半島的馬其頓，是隨亞歷山大大帝遠征的部將。但當他進入了埃及，他的王朝卻很快遺忘了希臘的亂倫禁忌，進入埃及王室近親通婚的傳統。就像亞歷山大東征之途越深入，就越被亞洲所吸引，開始採用波斯服飾與儀節。莫非，真像是柏拉圖〈蒂邁烏斯篇〉(*Timaeus*)中埃及僧侶所說，「希臘人跟埃及人比只能算小孩子」，這個孩子於是接受了古老土地的撫養，而長成了與他的基因不相干的人。

但即使是兄弟姊妹、即使是夫妻，仍然可以反目。克麗奧派特拉七世是托勒密十二世的女兒。在她父親死後，她成為弟弟托勒密十三世的皇后。但姊弟／夫妻兩人很快便展開政權的爭奪。此時強大的鄰國羅馬也發生政爭，凱撒為追捕政敵龐貝來到埃及，克麗奧派特拉很清楚這正是她所需要的外援，她成了凱撒的情人，藉由凱撒的幫助而取得了政權。

在種種傳說之中，有一個是關於書的故事。據說凱撒縱火焚燒停在亞歷山卓港的埃及艦隊，大火延燒到岸上，波及了古代世界規模最大的亞歷山卓圖書館。

這筆書籍的損失，後來由克麗奧派特拉七世的另一個情人，加以補償。那就是莎士比亞筆下的悲劇角色，馬克安東尼。

馬克安東尼原來是凱撒的部將。凱撒遇刺身亡後，他成為最可能繼承凱撒權勢的人。克麗奧派特拉一定也看清了這點。她又成了安東尼的情人。這段歷史後來成為莎士比亞的悲劇題材，牽涉權力，愛情，謀略，與政治。在世界的權力板塊重新拼組好之前，在羅馬的奧古斯都皇帝崛起之前，埃及的皇后與羅馬的將軍，他們充滿算計的愛情，像是另一種版本的張愛玲《傾城之戀》。

當馬克安東尼據有了小亞細亞和埃及，據說他將位於今日土耳其境內的另一所古代圖書館——白加孟圖書館（Pergamum）的二十萬卷書搬到亞歷山卓，送給克麗奧派特拉當禮物。

白加孟圖書館一直是亞歷山卓圖書館在知識收藏上的競爭對手。據說托勒密為了讓亞歷山卓圖書館成為世界第一，下令禁止莎草紙出口，結果反而促使競爭對手發明了比莎草紙更好用的羊皮紙。如果這些傳聞屬實，那麼馬克安東尼從白加孟圖書館搬到亞歷山卓的書籍，應該是用羊皮紙製成的，散發著與亞歷山卓藏書不同的氣味。

一位羅馬將軍粗暴地焚燒掉的書，另一位羅馬將軍從世界的另一個角落搬過來補足。這真是一奇妙的、愛情與權力的展示。這個有關圖書館的故事，《希臘羅馬名人傳》的作者普魯塔克曾經講述過，但他似乎是存疑的。這個故事很可能只是一則傳說。

倒是，有另一個關於圖書館、關於婚姻的故事，很可能比安東尼送克麗奧派特拉二十萬冊書更接近史實一些。

在凱撒死時，有另一個病氣懨懨的少年，以義子的身分，成為凱撒指定的財產繼承人。當時，沒有人認為這少年會對羅馬的權力版圖有什麼影響。他的名字叫做屋大維（Octavian），那年他才十八歲。

然而這十八歲的少年屋大維竟然在短時間內，成功收服了凱撒舊部的人心。當安東尼在耽溺於克麗奧派特拉的埃及宮廷中，屋大維憑藉著政治的敏感與手腕，迅速坐大成為安東尼可怕的競爭對手。西元四十三年，安東尼接受了與屋大維的合約，安東尼控有小亞細亞與埃及，屋大維將自己的姊姊屋大維雅（Octavia）嫁給安東尼。

在莎士比亞的悲劇裡，正是這樁婚姻的消息，傳到了埃及，讓克麗奧派特拉嫉妒又憤怒。安東尼只得回到他情人的身邊。但在與屋大維的權力角力上，他已然全盤皆輸了。帝國的羅網收攏，屋大維的軍隊在亞歷山大港外逼臨，安東尼與克麗奧派特拉自殺身亡。

這一連串的故事裡，有一個比較模糊的身影。是屋大維的姊姊，屋大維雅。她是作為弟弟屋大維政治聯姻的一步棋，被嫁給了馬克安東尼。這樁聯姻確實在屋大維與安東尼之間維持了短暫的和平，這和平給了屋大維時間坐大。我們對她知道不多。但她似乎也不是完全站在弟弟的權力佈局這一邊。她曾經帶著軍隊與金錢投奔她的丈夫，但是安東尼拒絕見她。在安東尼與克麗奧派特拉死後，她撫養了克麗奧派特拉為安東尼生的孩子。

當屋大維底定天下，成為羅馬帝國第一位皇帝奧古斯都後，他為他的姊姊建了一所紀念圖書館。

為什麼是圖書館？莫非，奧古斯都也聽說了那個傳聞，有關安東尼從小亞細亞運送了二十萬卷的書，去送給他的情人克麗奧派特拉？奧古斯都以屋大維雅為名的圖書館，是給姊姊的補償？是對姊夫的報復？

或是，那只不過是他從當年那個不被眾人放在眼裡的十八歲少年開始，一路隱忍沉潛，合縱連橫，剷除異己，而終於在權力之路上達到了頂峰，這時他停下來，環顧周遭，想要找點什麼寬慰自己的姊姊，才發現這是他所能想到的、唯一的方法？

這是我所知道的，關於圖書館的故事中，最為費解的一則。其費解不是因為圖書館中收藏的那些艱深奧妙的古代智慧，而是牽扯其中的權力與慾望，慘烈一時，卻又消散粉碎如蠹魚啃食過的書頁。

姨丈

我的母親有四個姊姊，三個哥哥，一個弟弟。大舅和大阿姨年紀都比母親大上十來歲。

大阿姨手巧，每次從基隆來到台北，都會給我們做點心，縫衣服，還常給我們織圍巾毛衣什麼的。我媽就沒繼承到這方面的天分，有一陣子她熱中學打毛線，打得天昏地暗廢寢忘食，但後來發現還是花錢委託專業的人比較快。

大阿姨對我們很溫和慈愛。但我記得她的笑容，不知為何總帶點歉意，有些自苦的。像小心客氣注意著要退後一步，站到他人的人生之外，彷彿對自己的存在感到難堪似的。也許是來自對她那神情的印象，或是我聽到大人在談話中用過這樣的形容，總之我覺得大阿姨命很苦。

但這樣的大阿姨，經常是我們小孩子的救星。我上小學的第一次月考，成績不如媽媽期望的理想，拿考卷回家當天便受罰了。所謂不夠理想，其實是考了第十四名。我媽是個完美主義者，十四名絕對不夠好。我挨了罵，又被用木尺抽手心，哭得很淒慘。那天正好大阿姨來，於是在我記憶裡便有了這樣的景象：大阿姨跑過來用身體護住我，而母親則不斷想將她推開，好讓木尺可以準確地落到我、而不是大阿姨的身上。

最後應該是大阿姨的面子，讓我少挨了幾下打吧。到了真正發成績單的那天，我以為又會再受罰。不安地回到家，發現大阿姨也在，好像看到守護天使。不過這次母親沒有再說什麼。我鬆了一口氣，大阿姨應該也鬆了口氣吧。仍然是那帶著歉意的笑容，說些「下次加油就好」的話。

即使當時我還是個不懂事的小孩，卻已有了這樣的判斷：大阿姨之所以命苦，和姨丈有點關係。姨丈比較少來家裡，我對他的記憶，常是在親戚婚慶的場所，看見他喝多了酒，脹紅臉大聲說話的模樣。母親家的親戚一般個頭小、樣子斯文，酒後的姨丈帶點粗豪氣，有點怕人。好像姨丈是常喝酒的，平常在家也喝，脾氣不好。又好像大阿姨需要做些手工貼補家計。

這些是我幼時的印象，也許和實際發生的情形有出入。我寫下它只是想說明，在當時我所能感知的有限世界裡，熟悉的是溫和但苦命的大阿姨。姨丈是陌生的。他屬於小家庭以外、看不清的世界——偶爾我從大人們壓低聲音的交談，解讀出那個世界的一兩條線索，且當中必定還有我的誤解與誤記。

大阿姨在我國中時候因病過世了。因此我始終未能以成年人的理解，去證實、或修正幼年時期對她的印象。

阿姨的兒子，我的表哥，那時才剛到美國留學。他讀高中的時候，住在我家，因此比其他表兄弟姊妹更親些。大阿姨非常疼愛這個品學兼優的兒子，他也很孝順他的母親。但阿姨走得突然，表哥沒見到她最後一面。他是在什麼樣的情況下聽到消息的，我不知道。總之當他第一次回到台北，大人們交代不要在他面前提到大阿姨，不要讓他傷心。

那以後表哥完成學業，就業，結婚，生子，永久地定居在美國了。他極少回台灣。而姨丈再婚了。我好像又從大人口中聽過這樣壓低了聲音的議論：難怪他不回來，他是母親拉拔大的，母親過世，父親再娶，回來也沒意思。

不管原因是什麼，表哥確實很少回來。許多年後，我的姊姊也去了美國。表哥就像當年大舅、大阿姨照顧弟弟妹妹般，幫助了姊姊初到美國時認識、適應當地的生活。後來姊姊一直住在紐澤西，和表哥兩家人住得不遠，我去看她時也會到表哥家。這世上有些人你只能以一個小孩子的眼光去認識、並記憶，像大阿姨。有些人你也是在小時候便認得了他們，但卻在多年不見、各自已在人生另一階段時，重新有了一種成人對成人的關係。像表哥。

雖說我們現在已經能像成年人般地談話了。但不知是不是小時候大人的警告，效力延續到了現在，我至今不敢違背禁忌，從沒在表哥面前提起過大阿姨。即使我沒有忘記她，且正是因她的血緣使我們聚在一起。她消失了，一次也沒有出現在我們的話題裡。

但有一次表哥竟跟我說起了姨丈。

他說的事，在那之前我沒有在身邊大人的交談裡聽說過。他說小時候，他父親每次喝了酒，就會說起自己在二二八幾乎喪命的經歷。說那一年，不知是怎麼開始的，忽然街道上就出現武裝的人，開始逮捕。有人把他藏在家裡。他躲藏直到外頭街道平靜下來。

姨丈不斷地說：「差一點世上就沒有你這個人了。」表哥說他當時心裡是瞧不起這個父親的。他瞧不起父親喝酒，也瞧不起他喝了酒才敢說這些。他偏向母親。直到出國以後，他接觸到海外的台灣人，認識到當時課本沒有教過的台灣史，父親經歷過的事，才以另一種角度來到他的認知裡。

但或許這對父子的緣分終究是淡的。他還是不太回台灣。即使，已經重新從歷史的角度，認識了父親酒後的敘述。

那是我第一次聽說姨丈有過一場死裡逃生的經歷。那經歷給他留下了什麼？那不知發生了什麼、不知會怎樣結束的恐懼，是沒有底的。雖然是大人，卻和小時候的我一樣感到，只能看到片段的世界。大阿姨的辛苦是看得出的，即使小孩子也感覺得到她命苦。但大姨丈的歷程，卻是沒人知道的。

（還有，表哥少年時候的歷程呢？他的妹妹、我的表姊的歷程呢？——她總是那麼親切愉快，表哥去國多年，是她和姊夫留在姨丈身邊。）

長大後我見到大姨丈的次數不多。他已經不再喝酒喝得滿臉通紅，而且我也不再怕渾身酒味的人了。總之他給我的印象與小時候不太相同。

不久前姨丈在睡眠中安詳地故去。他與再婚的妻子育有一子，據聞那孩子亦極孝順，曾吃齋為父親求福。姨丈臨終之際，是他在病榻邊念經。表姊稱讚那孩子寧靜篤定送完父親最後一程。但這些依然是聽說的事。

我最後一次見到姨丈，是二〇〇六年初家族的新年聚餐。姨丈已經七十幾歲了，不免有些病痛，但看上去精神還不錯。那天媽媽拿著從美國帶回來的照片，強迫推銷地讓每個人看看她的外孫。我的舅舅阿姨們看著他們的小妹妹，不可置信地說：「連阿祖都當外婆了！」

當媽媽將照片送到大姨丈眼前，姨丈忽然指著合照中的一個年輕人問：「這是我們洋明嗎？」

被姨丈誤認為表哥的，其實是表哥的兒子，姨丈的孫子，正念研究所的Alex。

那一瞬，他似乎忘記了時間。照片中的Alex，正彷彿表哥當年離家出國的年紀。他忘記他的兒子，如今已是一個中年人了。

二〇二一年註：這篇，如果我沒有記錯的話，應該是寫於台北，也就是〇六年搬到上海之前。我成長在二二八被從公共談論中抹去，尚未載入課本的年代。第一次聽到二二八，是高中的一位三民主義科老師私下講的。那時才剛解嚴。不久後有侯孝賢的《悲情城市》。同時，開始有我和同世代友輩們自行去找到，互相會說起的一些書。從電影、課外書中認識二二八和白色恐怖，距離能將那段歷史，與家族長輩在戰後的經歷，他們那些「不要碰政治」的口頭教訓聯繫在一起，還有一長段時間。二〇一〇年左右我在台灣，面臨官司的同時，有陣子常去拜訪我的大舅。聽了他較完整地回憶了外公，在戰後初期，與家族有關的故事。當中許多我母親也不知道，或說不清楚。長輩們所處的時代，其中複雜的情感，這時才稍稍朝向我打開，穿透了他們原本嚴肅的表情。後來在出版社工作，出版陳培豐老師的書《歌唱臺灣：連續殖民下臺語歌曲的變遷》時，才覺得更加窺見戰前戰後台灣庶民的一頁精神史，有些線索是能連結到家中的長輩的。不過，〈姨丈〉這篇文章卻是寫於我能有這認識些之前。那時還年輕、思考還很扁平的我，初步撞擊到身邊長輩巨大的生命圖像，而淺薄地意識到，那當中有這與我的時代極度不同的種種。無盡地難以言語，深邃猶如洞穴。

給冥王星

冥王星被從太陽系給除名了。

在國際天文學會上，學者們對行星定義做出表決，把冥王星降級為矮行星。ＭＳＮ上，有人告訴我這個消息。冥王星其實很小，不比月亮大。和太陽系其他八大行星相比，繞行的軌道也反常。究竟能不能被稱作太陽系的第九大行星呢？其實很難講。

「原來一直誤會了它啊，」我開玩笑地說：「雖然有一點傷心，但還是祝福它吧。」

這句話按下輸入鍵時，突然心驚。那彷彿一種關係的隱喻。看似接近，實則是完全不同系統的運行。

於是便在咫尺之遙，以一整個宇宙的距離錯過了。

直接導致了冥王星與太陽系的關係被重新考慮的，據說是去年一位美國天文學家觀測到比冥王星更遠，定名為「齊娜」的星球。由於「齊娜」的出現，使得天文學家們必須重新檢視太陽系的外圍地帶。如果冥王星是行星，那齊娜是不是也能看作第十顆行星？如果齊娜不算，那冥王星能算嗎？

這或許不只是公平性的問題。就像生命中許多後來發生的事，迫使你去思考前此發生的種種。出現了下一次的天長地久，前一次也不能說是不算，但它對你的意義就得重新衡量了。

而冥王星又是一顆以希臘神話中冥界之神來命名的星球。彷彿死亡它遊走在視野的最外緣。以一種無法預測的路線，出現，隱沒。

彷彿在說：你以為死亡是人生最遠的一站嗎？其實它完全是屬於另一個系統的事啊。它掙脫了你為它安排的，作為星系終點站的位置，逸出到黑暗的宇宙深處，未知的領域。它繞著我們看不到的核心。它切割太空以令我們驚異的角度。它是無法被定義的，我們卻受著它的牽引。死亡在幽冥中劃下了一條看不見的終點線，我們不知道終點線在何方，只知道它存在，於是便為了那存在而愛，而恨，而希望與絕望。

而希望地恨著，絕望地愛著。

現在它卻在作為終點線的定義之前，都要面無表情地反叛。

冥王星表面的溫度約是華氏負三百四十八度，繞行太陽一周要兩百四十八年，體積不比月亮大，成分不明，可能是由岩石與永凍的冰所構成，表面的暗影或許是射線或許是實體——在那天文望遠鏡只能模糊捕捉的不可測的世界，你甚至不知道你「看」到的是光或是物質。

寒冷，遙遠，神祕而游移。這些出於人類的揣測，與描述的語言，對一顆星球而言太過唐突。怎樣的溫度是寒冷？西伯利亞的冬天，還是百分之三十由冰塊構成的星球表面？盛夏的正午在人群中突然襲來的一陣孤立感，還是沒有光的宇宙裡堅硬的存在？

我們在科學雜誌上看到的，那些色彩豐富的宇宙星圖，其實是科學家和編輯們為了讓讀者明瞭而上的色。有位撰寫科普文章的作者這樣提示過我。在外太空遠離了人類感官經驗的世界裡，那些計算式探測出來的質量、能量，難道就一定是光嗎？說不定是聲音？

我被這個假說給吸引了。在我們五感的世界裡，視覺最為直接有形。張開眼睛你就迅速獲得對周遭世界的一個印象，遠近空間，可即可用的事物。會不會，這世界在另一層次上，是被聲音所結構？或被氣味、被思維結構？

有時我想我是否活在一個咒音裡。

冥王星也象徵潛意識，及將潛意識化為實體的力量。我好奇那是什麼樣的力量。我好奇於一切的轉化。我好奇於從意識底層翻攪上來的衝力。我好奇於核裂變。從核心的地方開始瓦解，剎那湧出危險豐沛的能量。徹底的蛻變是一種焦土政策。死亡與新生互相咬住了對方。天地藉由憤怒而慈悲。毀滅與變化發生在每一天。

沒有空氣作為介質傳遞聲音，每一個星系都是在全然的無聲中完成了新生、爆炸、擴散，到死亡的過程。有時坐在咖啡店裡和朋友聊著天，或是談著工作，毫無預兆地，忽然就意識自己正在跨越著一道關口。內在看不見的地方，你突然摸著了一直以來擋著的無形的牆，感覺自己正在打開它。

這寂靜的過程，微細且無言。坐在我面前，笑著的說著話的人們看不見。

或許他們也是這樣，在我看不見的宇宙裡飛行。都是的。

最後一次見到你的路口，我現在才明白那原來是一條河，或是一道地層下陷，從那裡開始時間有了不同的轉速，我們再也不站立在同一個地面了。從軌道最靠近交錯的那一點，逸出朝向全然不同的宇宙。逐步擴張的距離，我曾經以為會是荒涼的，而今竟令我心安。所謂錯過，並不是什麼「如果那時再努力一點」，或「要是做了另一個決定」就好的事。從來都不是。那是兩個星系不同的軌道與規則。

在那個路口，冥王從斷裂的地面升起，翻轉意識與無意識，有什麼被吸入黑暗，打開了另一個空間。

一種分裂啟動了。在最陰暗核心的內裡，有什麼微小的事物突然迸開了。

忽然世界變得好安靜。所有蠢動的念頭，凝止、收束在一道光裡。一道吸收了過去與未來的光。凝縮了一切，尚未放散以前。

就停在那裡。

滿城的樹葉

畫家趙無極在自傳中提起過一件往事。那是一九六〇年左右，在巴黎。趙無極的第二任妻子美琴罹患了精神方面的疾病，以為有人要害她，在大街上突然狂奔起來。趙無極在後面追著，慌亂之中撞上了一位朋友。

「在這一天，我從拉貢的眼神中明白了自己的處境，我以前一直否認，但這時不得不接受的事實。」自述中趙無極這樣說。

那應該是他生命中灰暗的一段時期吧。那年趙無極約莫四十歲，已經歷過許多重大的挫折，包括結婚十六年的第一任髮妻離他而去，畫作一度被視為

「二流的克利」而被批得體無完膚。這時人生另一個危機已悄然掩至，就在新婚不久的時期。

人在時間之中的狂奔，重重撞上一個驚異的眼神。那是個決定性的時刻。你忽然從另一個人的眼光意識到，世界扭曲了，而你是唯一還沒有發現的人。一直以來都是自己在觀看著、體驗著世界，但此時此刻，彷彿漂流到一個不同的宇宙，失焦，無根。一些力量正推著你走，但你不知道那是什麼。

如果，我們將時間靜止在趙無極撞上朋友的那一天，我們會認為那是個極端分崩離析的時刻。那時，所有的作用力都是瓦解性的。身邊的瘋狂，身體或心靈的痛苦，人與人之間的互不信任與疑猜，無力感、罪愆、焦慮、惡意……一切似乎不可能變好。彷彿光明的契機，在某個時刻已經錯過了。從此只會更壞，不會更好。

但現在，當我們從趙無極完整的創作生涯回顧，才看出那一天絕不只是個陰暗、災難性的日子。拽扭著那個日子的力量，它在瓦解的時候也在收拾，散落的時候也在整理。四面八方壓下了生活的重量，碾碎原來的畫家趙無極。而從其中竟出現了後來那個既細膩又豐厚，更放空、也更完整的趙無極。

那果然像是太極的兩種力量，抑制的同時也在盈滿。那果然像是智慧的利刃與慈悲的蓮花，切斷的同時，預示著下一季的開放。

二〇〇五年，「簡單紅」（Simply Red）樂團的主唱米克・哈克諾兒（Mick Hucknall），在古巴舉行了一場演唱會。

「簡單紅」這個樂團，在八〇年代中期崛起。經歷了成員不斷替換，米克・哈克諾兒本人成名後被負面新聞纏身，到最後，終於只剩下哈克諾兒一個人了。二〇〇五，「簡單紅」再度搖身一變。哈克諾兒在古巴演出了一場不插電演唱會，和古巴樂手合作，重唱自己過去大量運用電子編曲的成名歌曲。他彷彿是在解消自己的創作，開放他的音樂。

在古巴的大劇院中，中年的米克・哈克諾兒站在舞台上，那場面非常溫暖。劇院是輝煌的，但不是嶄新的。舊殖民時代的老式建築，帶著巴洛克的裝飾，在時間的滄桑感裡顯出了溫潤的色澤。曾經光亮過，已經沒落過，然後便到了這一刻。

演唱會DVD有幾個鏡頭帶到了後場，有人從暗處將佈景推向了台前，或是闔上那扇通往後台白色油漆剝落的木門——這些細緻的處理，這是米克・哈克諾兒選擇將一生歌曲改編演唱的地方。他的招牌紅髮已經不那麼紅了，歌曲中的電子效果不再用了。我在想，當他把自己的歌作完全不同的詮釋時，是怎樣的心情。他仍然喜歡自己二十年前寫的歌嗎？還是經過了多年之後他忽然感到，那其實應該傳達完全不同的味道（比如不用電子樂器，只要木吉他；比如不再吼著唱歌，只是安靜地沉吟）？

或者，他認出了時間的戲法？同一首歌，那時必須是插電的，現在又必須是木吉他的。時間小小的邀約，邀請你放下表面的形式，以更接近內裡的核心。他接受了邀請，給出完全敞開的，微笑自在的一場演出。

站在舞台的中央，淡淡微笑著，像個普通中年人般地唱著歌。他看起來真平凡，一點都沒有巨星的樣子，但又是那麼地不簡單。彷彿在進行一場幸福的告別，彷彿是「唱完這場便再沒有遺憾了」——他臉上的笑容給了我這樣的印象。

有時我想著這世間的許多事，它給我光也給我暗。給了我暗又給下一秒更黑的暗。各種層次的暗，沉重的，稀薄的，夜巷深處空氣停止了對流的暗，晴朗澄明天空裡飄忽又確鑿的暗。

心裡覺得彷彿懂了，為什麼當久久注視著克林姆（Gustav Klimt）的畫作，纏繞的光影空氣，水蛇般消融又交纏的形體，那些泯滅了變與不變界線的流動色彩時，會想要流淚。光塊，顏色，文字，一個偏見或懸念，一種誤解，劃分著、定義著，但也連結與融合著世界。

於是去看。什麼都看。巨大的樟樹，柏油路，磚牆上黃色油漆的斑點，沉默的駕駛人。一切來到我眼前的事物、一切來不及來到我眼前的事物。一條開放的河流。早上七點的空氣。一個褐衣人在綠草地上的移動。

光漫出了窗口。

一片樹葉晃動時，滿城的樹葉都跟著搖起來了。

火攻

太多現實等待被裝箱打包。

搬家的日子，像是與身邊每一樣物品進行意義的對質。這些東西平素無聲地與我共存，我早已習慣、或遺忘它們的存在。到了搬家的日子，卻不能再維持這樣不痛不癢的關係。而是必須決定：「留下它，還是捨棄？」——沒有模稜兩可的餘地，像是一對苟延著婚姻關係的夫妻，終於到了攤牌的時候。

決定帶走、或不帶走什麼，也等於是在問自己，這件東西對我是有用的嗎？或是雖然沒有實用價值，但有特殊意義？或是，連意義也早已消失，只是基於心理上的依戀不忍放手？

我不斷在書堆及雜物間找到一張剪報，一些文字的片段、中途收手了的文稿、破碎的小說概念，信，一張照片，一個舊的器皿，什麼人送的小玩意兒……一再問著自己與這些東西的關係，我什麼時候寫了它們？買了它們？創造了它們？我還將繼續留它們在身邊嗎？

越整理，就找出越多這樣瑣碎的東西。物品忽然都有了靈，自房子各個角落湧現。每個物靈都要求一個交代。一支來自過去的大軍，包圍了我。

如此單手與過去對搏，直到傍晚。嘆一口氣，丟下凌亂的房間，出門去找朋友。那晚我們開了一瓶 Rioja 紅酒。

據說，最適合種釀酒葡萄的土地，是偏向於貧瘠的。貧瘠的土壤會使葡萄在養分不足的危機感中，啟動種子內抵抗滅亡的潛力，狂熱地儲藏甜分，繁殖增生果實，好讓基因能延續傳遞下去。

自從聽過這樣的說法，我總覺得葡萄酒是一種基於幻象的產物。彷彿是果農與他的果樹們進行著一場梭哈牌局。巧妙地威脅，誘騙，創造一種生存處境的幻覺，發動一不存在的戰爭。一季豐收、熟美的葡萄，因危險而生。

Rioja紅酒注入玻璃杯。我們煮了泡麵當晚餐，倒是和酒很搭。朋友又拿出年分較高的高達起司，潤滑的奶油味中有顆粒結晶口感。我們在廚房裡聊著生活和工作的種種。朋友的小女兒不時從客廳那頭喊著「媽媽、媽媽」，跑進來衝進她母親的懷裡。只有小孩子才會那樣毫無顧忌、把整個人扔開似的去擁抱一個人。得到母親的擁抱後，她又喊著「阿姨、阿姨」，回頭往客廳衝。

這時廚房已經充滿了泡麵辛香的氣味。我環顧著朋友收拾得整潔雅致的屋子。她經常不使用成套的餐具，給我們每個人自不同來處取得的、單件的碗盤，但又高明地搭配得宜。例如拿一個青白瓷的高足碗盛切塊的起司，遂有種改造的趣味。

我一直都很羨慕她，能在生活瑣碎事物裡經營出美感。那是需要一種在現時現刻裡定居的從容，才能養出來的。我自己好像總是生活在一種搬遷的可能性裡，隨時有可能結束現階段的生活，搬到另一個城市，另一個工作，另一種人生裡去。或許是因為潛意識裡有著變動的預感，我總是不太購買多餘的東西，身邊的物品，有時簡單到了枯燥的地步。

但這樣的預感果然成真。每隔一段時間生活就有些大的變化。（或者說，是因為先入為主，設想了變化，遂使命運自然地朝向那方向展開？）我又要搬離住了四年的公寓，感覺又像是要將過去四年的人生了結，進入下一個階段了。且一等搬完家，馬上有一趟遠行。因此，在房間的另一角落，一只敞開的行李箱，物件正以另一種邏輯組織著——只選擇盡量簡單化了的生活所需，預計在一個星期的旅途中會用上的東西，放進箱裡。

於是，在我家具錯置、物靈湧現的公寓裡，那只行李箱像是一個提醒：妳所需要的東西，或許就只有這麼多。

看到了這樣的報導：在西班牙著名的產酒區Rioja，有些釀酒人堅持著古法，在國際主市場逐漸偏向重口味、高酒精含量之際，仍然生產著色澤較淡，口感較滑順的紅酒。

這麼說來，不但葡萄在與土壤對話，釀酒人也在和過去的傳統、現在的市場，喃喃地說著話。有時受了說服、有時拒絕；有時想要創新一種口味，有時留在原地。我喝著朋友的那瓶Rioja，在這味覺之中，有許多複雜的文化與自然因素，使這瓶酒成了現在的這個味道。

「總覺得妳的臉漸漸變了呢。」朋友說。一個多月前我因為修行的關係，第一次把頭髮理光時，她也是最早看見的人。

竟然只過了一個月。我已經幾乎忘記留著頭髮的樣子，甚至剛理完頭髮時拍的照片，現在看來也顯得怪。「那是還有頭髮時的表情啊。」一種還沒有安住到新成形的現在裡，仍然帶著過去習慣的表情，那表情是多餘的。我現在看出來。

有時我想，我們或許也活在某種幻覺之中，受了某些不明的驅策、模糊的召喚，而朝向未來奔去，像一株誤讀了土壤信息的葡萄樹，長成了特定的模樣。有時我們迷惑於一路走來的路途，從過去攀生而來的藤蔓林木，在我們頭頂形成遮蔽，彷彿莽林。

有時必須放火燒去來時的路徑。

在霎然竄起的火光中，你忽然就看到，一直以來迷惑了你的種種幻影，像紙灰在烈焰中最後一次騰起，然後萎頓，化為虀粉，四散而去。

完整的PK

二〇〇六年中國《超級女聲》的冠軍，是一個名叫尚雯婕的二十三歲上海女孩。九月底的一個晚上，我打開電視看了半場的《超級女聲》總決賽，一夜之間成了她的歌迷。

《超級女聲》這個節目，在大陸實在是太熱門了。從初選分成幾個賽區進行，產生各自的冠、亞、季軍，到入選選手匯集一處進行全國的總決賽，整個過程，無論是時間上、空間上，戰線都拉得很長。賽制又設計得極其複雜，除了有評審點評，大多關鍵時候是由觀眾的手機簡訊投票量來決定誰能晉級。落選的選手，如果有很高的人氣，支持者也可藉由手機投票讓他們復活。這樣，一場接一場的晉級賽，復活賽，ＰＫ賽，累加起來，使得這個歌唱選秀節目幾乎占據娛樂新聞版面近半年的時間。模樣好看的、唱功了得的、特別有觀眾緣的選手們，陸續冒出頭來，成了準明星；但準明星們也幾乎是立即地接受負面新聞考驗，被網路流言攻擊，一路從夏天熱鬧到秋天。

我一直沒按時收看這個節目。直到總決賽的當晚，打開電視聽見尚雯婕唱了一首「愛」。

該怎麼形容呢？在她開口的當下，彷彿有一無形的空間打開。世界為之安靜了下來。那是一個溫暖而放鬆的聲音，不炫耀，不討好。能夠用這種方式唱歌的人，她內裡一定有一個空曠的世界吧。

因為那個空曠的內在，無論面對多少觀眾，都像是面對自己。淡淡地開口唱了，於是就感動了所有人。

當晚尚雯婕獲得的手機簡訊票數超過五百萬票。

但這五百多萬票，得來並不容易。尚雯婕是名副其實的黑馬，黑得徹頭徹尾。她先是就近參加杭州賽區比賽，落選。不放棄，轉戰成都賽區，在二十名入圍賽時被刷下。還是不放棄，又再戰廣州賽區，這次才獲得了賽區的亞軍，有機會參與全國總決賽。

這驚人的堅持力，一再轉戰，使她成了參賽路程最長的選手。但迂迴的路途卻不白走。前期歷練累積的演唱經驗，到比賽後期全發揮出來了。本來，她的外表並不特別好看，她在舞台上動作很少，笑容帶著學生氣，在其他各具特色的選手當中，真是很不起眼的。但比賽的後期，局勢反轉了。她抓到適合自己的歌路，聲音變得收放自如與從容——一定有很多像我一樣的人被打動了吧。那時，她的票數才開始激增。在最後的幾場晉級賽，她已經從最初的不被看好，到穩坐人氣寶座。黑馬從後面追上來，衝過了終點線。

這時我才算明白了，為什麼每年有那麼多人愛看《超級女聲》。漫長的賽制，為增加戲劇性的ＰＫ……這些經常被譏評為拖拉、濫情的設計，雖說是為了節目效果，卻產生了額外的加乘作用。因為時間拉得長，這些年輕女孩們又往往是離鄉背井地去比賽，於是便不只是考驗歌唱，還考耐力，考持久，也考驗上台前的心理準備。有些人是一開始就亮眼的，但進步的幅度不大，始終就是最初登場的九十分。有些人卻是在漫長的比賽中找到自己的定位，在一個夏天中成長蛻變。當她在舞台上找到自己的時候，也就找到了觀眾。

那迂迴繞路的過程是必要的。一開始的挫折是必要的。若不是打磨得完全，是闖不了最後的關卡的。那晚我聽見的歌聲，給我這樣的體會。

能讓世界為她安靜下來，多麼不容易啊。而那是因為在此之前，她已多次安靜接受世界教給她的事。

我始終覺得生而為人是種有趣的設定。

怎麼就決定了我們每個人平均有幾十年的壽命，這時間說長不長，說短不短。足夠讓你經歷一些擁有，又再失去。足夠讓你發現年輕時的意氣與才能，沒法適用到老，還得在時間裡，歷練出新的功夫來。

我們還配備著眼耳鼻舌身意種種的感官，足夠讓你與外界接觸、受刺激而興奮、而哭泣；又足夠讓你與身外的世界形成往復循環——你聽見、看見、從這個世界學來的，在你的言語、行動之中，又讓它再返回世界去。（只不過有的循環是良性，有的是惡性。）

我們便是在這樣的過程中默默累積。

這人生奇妙的設定，是誰下的重手？沒有答案，就暫且不必問了。但這設定之中，到處埋藏著種子。你總是有足夠的機會看見、聽見些什麼。種子種到你心裡，也許當下沒有反應，甚至是有些痛楚的。但在時間的滋養下，某一天你竟發現它抽芽了。

說到底，它有點像《超級女聲》的賽制。你無從爭辯它是否合理，但會不斷被推到舞台上去，受到忽視或鼓掌，被獎勵或被難堪。一開始你會學到某些絕招，但那不足以支撐你走完全程，你最自恃的路數，最終可能成為你的盲點。你不只在唱歌，你也在聽。你收集到的種子，有時是一個巴掌，有時是一句忠告。時間夠長，種子開始發芽，就顯出了價值。

當你一路拾來的種子，遍地開花，那時便不是一兩場輸贏的事了。那便是最後那場完整的ＰＫ。

二〇二一年註：〇六年我剛到上海的時候，《超級女聲》是最紅的海選節目。真的是「海選」——從中國各地甄選打撈選手晉級，賽制複雜，設計有各種敗部復活的機會，一關關讓大眾用手機簡訊投票，鎂光燈強打之下，幾乎像是一年一度社會流動的方式。我在接近決賽階段時才開始看節目。最後的幾名選手中，特別注意到的是尚雯婕。她的中音域非常好聽，有一種空曠感。在眾多飆高音的選手中，那個聲音顯得放鬆。不過後來也沒有繼續關心中國的歌壇。之後多年，我剛搬到北京時，有一檔新的節目紅起來，叫做《我是歌手》。那時，上《我是歌手》的尚雯婕已經是一個很不一樣的人了，身分是職業歌手，不是從前那個沒什麼表情、沒怎麼打扮的年輕女子，我也不再能聽出記憶中她聲音裡的空曠感了。一三年的北京，不是〇六年的上海。或許因為世界變得滿，空曠的聲音不再能被聽見了。又或許，當年我聽到的，其實是自己心裡的空，在人世裡寄託的回音。

一千年夜宴

有一幅畫，困擾著我有一段時間了，逐漸在心裡繁生出蛛網般的密徑。我想是應該為它寫點什麼，這樣就能將它自纏繞的思緒中脫手。有時文字之於我像是一種超渡。我不為想把什麼留在心裡而寫，相反地，是為解開一個念頭的繫縛，讓它像無人的小舟一樣在意義的海洋上盪開去。然後便有了一個新的開始，一切是起點。但這解縛的書寫，只能發生在事情熟落的時刻，否則便是徒然而不完整的。有時還得把它在心上焐著，等待。等一個念頭的成住壞空，都已發生過了，那才是下筆之時。

我想說的這幅畫，是顧閎中的《韓熙載夜宴圖》。

《韓熙載夜宴圖》的由來，牽涉到一個皇帝李後主、一位大臣韓熙載、一名畫家顧閎中，三人之間微妙的關係。史書上說，是李後主命顧閎中去韓熙載府上觀看夜宴的現場，而後把眼見的景象畫出。至於動機？則有截然不同的兩種說法。

一說是，李後主對韓熙載家的夜生活非常好奇、甚至羨慕——「韓府轟趴」在當時應是頗有名氣。不過皇帝礙於人主身分無法親臨，所以派畫家顧閎中去實地觀察記錄。

另一說是，李後主不滿韓熙載生活奢靡，讓人畫出他宴飲縱欲的情景，請他自我反省。

相對於這兩種不同的說法，韓熙載這個人也就有了兩種不同的面貌。一說他放縱是真，一說則定義為假——是韓熙載心知南唐的衰亡勢不可挽，才故意荒唐度日，隱藏鋒芒，免受忌憚。

於是，放縱有真與假的兩種放縱，窺探也有純屬好奇與道德批判的兩種窺探。三人當中唯有那畫家的一方，在歷史的紛紜中受到了遺忘，什麼說法都沒留下來。但也罷了。畫家是作為皇帝的雙眼而目睹了夜宴，本該是沒有聲音的。如今他又成了我們的雙眼，彷彿我們在千年以前就已經獲悉了一切。

（也許我們真是早就知道了的。什麼時候卻忘了。）

長卷共分五段，依時間順序而下，先畫韓熙載與一幫賓客，包括狀元、樂坊教習等人，聆聽女子彈奏琵琶。次畫眾人觀賞舞伎王屋山跳六夭舞，韓熙載親為擊鼓助興。到了第三段，氣氛已然開始轉換；男客們不在了，只有韓熙載與幾名女眷坐著歇息，一名女子以銅盆盛水讓韓熙載洗手；旁邊並置的一個不可思議的、邏輯錯亂的空間，露出一張床榻，其上被褥隆起，暗示著床上有人（畫卷一開始也有這樣的畫面，屏風遮擋著床榻，甚且有支琵琶露在被褥外）。

接下來，又回到樂舞的場景，樂坊女子們吹笛，韓熙載前襟敞開地盤坐在椅子上。這時畫面的氣氛，不如開始時的熱烈，彷彿是宴會過了午夜、有些客人先行離去、主人略事休息之後，再度重啟的熱鬧。酒意是更酣了，也許是醉過又醒了，筵席在將散未散之際，繼續地進行著。

最後的一幕，也是最耐人尋味的一幕。重新理好衣冠的韓熙載，獨自站立，看著僅剩的兩名男客與女性帶有調情意味的對望與牽挽。

韓熙載做了一個彷彿要說話的手勢，只是沒人看著他。

長卷帶著時間的進程，我們看著熱烈轉而為冷清。畫中的韓熙載，或許既非真、也非假的縱欲。那是一個老於世故的臉孔，表情幾乎不洩露情感，但他的注意力確實是在場的，他的目光注視著場中的動靜。只是這樣的夜晚他已經經歷過無數次，一切都已經不再新鮮了。

是韓熙載的眼神，讓這場夜宴變得特別。使那宴飲在最酣暢的時刻，卻彷彿有一種無所事事，一種百無聊賴，一種藏在歡樂背後的虛無、在場的越界。他的樣子看上去比其他男性賓客都年長。當其他人的表情都是投入的：傾聽、觀賞、打著節拍、說話、調情，惟獨他有一種既在其中、又在其外的神態。他顯然是宴飲的老手，理想的主人，懂得欣賞舞樂，又能擊鼓，為他的賓客們創造了聲色的高潮，帶給他們在屏風遮掩處偷情的機會。但他始終是那種表情。在最後一景中，像個幽靈般落單的他，那手勢，是告別？還是挽留？他是在一屋子的男女慾望中，突然感到了寥落？還是準備送客，提醒客人歇息？甚或是窺淫的——世故的窺伺使淫蕩更超過淫蕩？

那樣充滿歧義的眼神。

我與柯裕棻聊起這《韓熙載夜宴圖》時，她也在書刊上看過這畫，但不知怎麼竟有種印象，以為前兩段與第三段起分屬兩張不同的圖：「原來是同一幅畫啊，竟然像是兩個時代。」

我覺得她的誤解是直覺性的，而她的直覺總是準的。那一個晚上，豈不真有隔世般的預感嗎？

李後主早年深宮宴樂的詞是：「晚妝初了明肌雪，春殿嬪娥魚貫列。鳳簫吹斷水雲閒，重按霓裳歌遍徹。臨風誰更飄香屑，醉拍欄杆情味切。歸時休放燭花紅，待踏馬蹄清夜月。」晚期亡國之後是：「林花謝了春紅，太匆匆，無奈朝來寒雨晚來風。胭脂淚，相留醉，幾時重？自是人生長恨水長東。」從這詞看來，李後主並沒有韓熙載那世故的眼神，他始終是如王國維所說的「不失其赤子之心」，享樂時，比誰都領會其中層次豐富的感官愉悅，痛苦時，也比誰都更痛苦——帶著景深，刻劃分明地痛苦著。

又或許韓熙載與李後主，並沒有那麼不同。而是以兩種不同的方式，說了一則共同的故事。

有一天，在書店看見一本畫冊，標題是很有意思的五個字：「過眼皆所有」。我想這話不妨倒過來說：所有何嘗不是皆如過眼？在眼前一晃而過，那累世的繁華，歌舞昇平，亭台樓榭，如夢幻泡影，如露亦如電。一個夜晚，恍惚一千年。

許多人的傳奇

有幾套漫畫是我一直會注意，期待著最新一集出版的。井上雄彥的《浪人劍客》是其中之一。最近，《浪人劍客》出了第二十二集，宮本武藏終於結束與吉岡清十郎預告已久的決鬥。緊接著來的，應該是與傳七郎、及其他吉岡門人的戰鬥。

故事說到這裡，井上雄彥的漫畫已經大幅度地偏離了原著——吉川英治的小說《宮本武藏》，幾乎可以說是全新的創作了。我覺得他改編的方向是很有意思的，值得一說。

先舉幾個例子說明漫畫和原著小說如何不同。

首先，吉岡清十郎這個角色，在吉川筆下純粹是個敗家子。父親吉岡憲法所創立的道場，本來是京都最強的武術流派，但清十郎耽於逸樂，不但武藝不行，家產也讓他敗得差不多了。可是到了漫畫版，井上雄彥卻給予了清十郎更細微複雜的內心機轉──他的性格本來不是個適合當家的人，卻生而為大道場的繼承人，背負著家族盛衰的名聲；表面上是玩世不恭的花花公子，卻暗中護衛著道場。

這樣一改，遂使得吉岡清十郎這個角色多了一層悲劇的色彩──他比誰都清楚吉岡家的沒落，但還是要在暗地裡一一除去威脅吉岡家的人。而他與宮本武藏的決戰，也就成了兩種不同養成的劍客之對決，一是名門的傳承人，一是無師自通的劍客。

在第二十二集裡，吉岡清十郎與宮本武藏對決於蓮台寺郊外。在不容間髮的高手對招中，清十郎的心中一閃而現他肩上沉重的負擔，意識到決鬥成敗將是道場的命運所繫……這瞬間的雜念，使他喪命於武藏的刀下。

不只是吉岡清十郎，其他與宮本武藏對決過的角色，也都有各自不同於原著的故事。在小說中，奈良寶藏院的二代掌門胤舜只短暫露了個面，老掌門人胤榮這個角色則根本沒現身。但在漫畫中，胤榮與胤舜的分量都非常重。胤榮幾乎是武藏的啟蒙者，他訓練武藏，為自己的徒弟胤舜培養出一位強敵，目的是為了傳授給胤舜更重要的一課。

胤舜是宮本武藏在前幾集漫畫中遇到的最大強敵。武藏在與胤舜的第一次對決中落敗，幾乎死去。從小就被視為武術天才的胤舜，槍法精準靈活，但對人卻有一種難以親近的距離感。沒有人能讓他產生恐懼，但他卻可以輕易取人性命。這樣的胤舜，小時候曾經目睹雙親被殺的經過。童年的恐怖記憶被強迫遺忘，他在不記得自己身世的情況下長大。在天才與力量的背面，那個在荒野中初次被人間殘酷所驚嚇的小孩，還沒有走出來。

胤榮的教法，同時教導了武藏與胤舜。他教會了武藏看，不再因防衛而殺氣騰騰，只是去看（出場不久他就對武藏說：「把所有遇到的人都當作敵人，那不叫強，叫做笨拙。」）。而透過訓練武藏，讓這升級後的武藏去和胤舜決鬥，胤榮又教會了胤舜面對死亡與生命。這一段武藏、胤榮、胤舜的故事，非常精采。

吉川英治的原著與井上雄彥的漫畫，最大的差別就在這裡。在吉川英治的小說裡，唯一能讓讀者認同的習武人只有宮本武藏。但是到了井上雄彥的《浪人劍客》，每一個角色都有獨特的個性與生命史，宮本武藏並不是唯一的強者。讀者彷彿只是藉著武藏的修道之路，遇見一個又一個高手，看見每個高手成長的限制與機會，與屬於他們的命運選擇。吉川英治以武藏的旅程為主軸，井上雄彥則在武藏的主要故事外，還不斷岔出去描述他的每一個對手，敘述中充滿了旁出的歧途，一個故事帶出更多的故事。

武藏的對手們，也都像武藏一樣，是還在成長、發展中的。他們與武藏的接觸，不只是作為武藏邁向傳奇劍客的一個中途挑戰，也成就了他們自己。胤舜置於死地而後生，喚醒強迫遺忘的記憶，活過來時便會是另一個更覺醒、更洞澈的胤舜。出身盜匪、曾經殺人不眨眼的穴戶梅軒，在對決中認識了生命的價值，選擇退出殘殺的輪迴，平凡地活下去。《浪人劍客》更大膽的改編，則是將佐佐木小次郎變成一個聾啞人。這個即將成為宮本武藏一生最大強敵的小次郎，在沒有聲音的世界裡長大，養成另一種與身體對話的方式，會成為怎樣的劍客呢？

井上雄彥這種多主角的改編方向，是少年運動或決鬥類的少年漫畫中一種常見的敘事模式。為了讓每一個段落單元都有高潮，塑造對手也和塑造主角一樣重要——這樣才能讓每單元的對決都有獨特的困難與精采度。就像電玩中，必須每一關的對手都是厲害的，遊戲才玩得起來。如果只有主角有絕招，那就無趣了。

例如井上雄彥的前作《灌籃高手》，也是每一個角色都鮮明得很。雖說櫻木花道是主角，但是流川楓、仙道彰的人氣一點都不比櫻木低（甚至，同人誌漫畫小說中很流行的題材，是讓流川楓跟仙道彰變成主角談戀愛）。《灌籃高手》受歡迎，靠的不只是主角一個人的魅力，而是所有配角一起拉抬的結果：除了流川、仙道，還有同屬湘北高中隊的球員三井壽、宮城良田、赤木剛憲，翔陽高中隊的藤真健司、花形透，海南大學附屬高中隊的牧紳一等，這些類型各異的角色，豐富了故事，而讀者也可以各自尋找認同的對象。

我覺得《浪人劍客》的改編是成功的。即使完全脫離史實也沒關係。吉川英治的小說寫於二次世界大戰之前，距離現在已經有六十年了。當年小說在報上連載，曾經轟動一時。但我覺得比起吉川的名著，井上雄彥的《浪人劍客》

更屬於當下這個時代的產物。宮本武藏是三百年前的一個歷史人物，他的一生從山村出發，到成為天下無敵的劍客，達成不敗傳奇，而後退隱，晚年寫了兵法《五輪書》。這樣的歷程裡，或許存在著生命共同的主題：如何獲得更大的力量？什麼是強者的定義？怎樣可以克敵制勝？對這麼一號人物，不同時代的作者各會以不同的方式詮釋——時代進入後現代，媒介進入漫畫，詮釋的方式不同了。

或許因為我是活在二十一世紀當代的讀者，我特別喜歡井上雄彥所造的宮本武藏與對手們——他讓每一個劍客都有了身世、有了故事，有他們在武術上獨特的取徑，在亂世中對力量、對劍道的扣問。於是傳奇不再只是宮本武藏這單一強者的傳奇。有多少修道者，就有多少種路途。是交錯的路徑，才共同構成了傳奇。

時尚刺客

沿側分髮線點綴一排珍珠的髮飾，幾乎看不見眉毛，但上下睫毛卻加以誇張地強調，臉孔就產生了一種童話的變異效果——不是公主，而是人魚、樹妖或花精。在黑色的伸展台上走出一個全身黑衣的女子，黑便分出了幾個不同的層次，紗的黑、緞的黑、絨的黑……不同材質的黑色與光的滲透性戲耍，一種幽靜但層次井然的、對感官的調弄。

讀時尚雜誌的照片時，我關注的是這些細節，如何轉化了一張臉，一個身體。意料之外的剪裁，令人驚異的材質搭配，而竟產生一種新的美感。在所有的創作性的行業中（書寫也好、設計也好），頂尖的作品總能讓你以一種新的方法觀看世界。往往不是最標準最通用的美，而是帶著一點越界、一種突擊意味的。

每個設計師撩動越界的方式不同。每個時代都會有它的「妖孽」搶著用最驚悚的方式挑戰既定的美學，如果上個世紀是Jean-Paul Gautier，這個世紀便是John Galliano一下子中世紀、一下子外太空的華麗戲謔。甚且，在時尚這個工業裡，也不是只有設計師一人導演一切，模特兒的一張素顏，一種身形，也可以把典範向新的領域推移：九〇年代的標準美人，到了九〇年代末讓位給滿臉雀斑Kate Moss，後來又有圓臉的Devon Aoki，叛逆小女孩般的Gemma Ward（她面無表情時幾乎也像是帶著怒意的）。一種新的美感出現時總挾帶著突兀甚至挑釁的意味，像個刺客。使你無法理所當然視之，使你像被劍尖扎了般地躍起，躍進新的時代裡。

那個「時代」的壽命通常是一季。

但若你的眼光不純然是個觀看者，不是淡定地看著風格與型態的流轉，那麼這物的宇宙不見得是個適合安居的地方。巧兒是有一點名牌崇拜症的。她讀時尚雜誌時總是同時被興奮與焦慮兩種情緒所刺激。她喜歡那些華美的衣飾，但煩惱自己不像模特兒般纖瘦，又不夠有錢到可以買下每一季的名牌物件。她經常跟我說：「走進名牌店，我覺得自己很渺小。」

而我則想對她說，既然如此，那你何必還專程到那兒去感覺渺小呢？可以欣賞，但不見得要被左右啊。這話是白說的。儘管她當時總同意我的話，但下個月的時尚雜誌一出刊，她便重新陷入那既歆羨又焦慮的情緒。她圍困在物的世界裡，沒有突圍的打算。

在預算和慾望之間妥協的結果，她經常會購買名牌的「入門款」，也就是價位相對較低（但還是非常貴），但樣式最一般的單品，無疑地，會有名牌logo

在上面。那是我最不明白的一種購物方式。我不知道像巧兒這樣聰明的女孩子，為什麼需要在自己的衣櫃裡放滿各種入門款。那在我看來彷彿是流行對她個人風格一次又一次刺殺的證據。

有時我會想到在畫冊上看過的一些唐人宮樂圖或仕女圖。在這些畫上，除了唐代女性胖胖的身形和高高的髮髻，她們的用物也都極為精細地被描繪出來。衣裙是高腰且有垂墜感的，在傳為周昉所畫的〈簪花仕女圖〉中甚且表現了紗料的輕透。金線刺繡的紋樣，雕鏤精緻的髮飾，甚至茶碗，火盆，團扇，几案，梳子，無一不講究。

但我們大概不會想到要把自己變成那樣的胖胖女生，梳上那樣的髮型。那個時代的美感已經和我們脫勾了。我們仍然覺得這些畫是美的，但很少人會將自己代入其中，像受到廣告或時尚雜誌影響時，想像自己像模特兒那樣地拿著一個皮包或穿著一件大衣。時間阻斷了我們與唐代仕女之間的共同感，我們不會想要變成她。

一九七二年〈簪花仕女圖〉進行揭裱時發現，原畫並不是一幅完整的長卷，而是由三塊大小相近的畫絹拼接而成，學者推測這幅畫原來很可能是屏風的三個面。我想像坐在那三面插屏的中央，被優雅華貴的仕女像圍繞。這房間最初的主人，是男性還是女性？和畫面中人物有什麼樣的關係？他會慾望她們嗎？她會歆羨她們嗎？或者，她本身就是畫中人呢？

去猜測這些的道路已經阻斷。

有時我想，慾望乃是一種僭用。沿著照片、圖像鋪下的路徑你被帶領、挨近了一只提袋，一件衣服。這中間關鍵的要素乃是：共同的語言。一個Prada的皮包，比一只唐代的髮簪，對你說的是比較接近的語言，讓你會想要將自己代入、去僭用圖像中所暗示的奢華。視線接觸，慾望的語言開始訴說，撒豆成兵。你或許一無所覺，但已置身於一場無聲的較量。如想真實地看到全景，那麼必須從容淡定，像看見黑色伸展台上的一襲黑衣幽靜而層次分明地，那樣地看見自己慾望的每一個角度。看細節之中，一個流行季如那盛唐的年代，無盡華美，轉瞬即逝。

祖母綠

我不知道十年後沁兒是否會記得這樣一個夜晚。也許不會。也許她會把她在話鋒上的落敗看作是恥辱，而將這個夜晚封存在記憶最不被檢視的地方，如同其他厭憎的事物。她寧願以為這個晚上沒有發生過、也確實相信這個晚上可以不存在——要不是晚飯桌上多了一個從沒見過的、不起眼的、穿著土氣的客人，且那人竟膽敢突破餐桌談話那層油光水滑、不著邊際的表面張力，把話語扎進了她沒打算討論的領域……

要不是這意外的人、意外的話語的組合，那個晚上確實可以沒有發生過。

偶然性是一種奇妙的東西，我們一把事情定義為偶然，就彷彿可以放心了：是這回運氣不好，否則不會是這樣的。偶然性幾乎可以作為一種安慰。

十年後她會不會理解到，那個晚上也許不是偶然，而是一次命運的預示。如果那時她不被恥辱感所傷，如果她聽出了點蹊蹺，還會有命運這樣的東西嗎？

沁兒是一位長輩的獨生女。白皮膚與大而富表情的眼睛，嘴很甜，對我們都是哥哥、姊姊地叫。她會寧願自己再瘦一點，但實際上她是美麗的。父母親對這個掌上明珠寵愛有加，也有意讓她多見世面，經常帶她出入各種場合。她父母親擺酒席請客，她會像隻花蝴蝶似的飛過來，在我們這桌上停留一會，和每個人都很熟似的，笑得極燦爛，和女孩子拉拉手說幾句話，然後又被母親領到另一桌敬酒打招呼去。

這樣的沁兒總被認為得天獨厚。當她停留在我們這一桌的時候，她幾乎是參與著席間的每一句談話的。那是一種介於兒童與成人之間的談話方式，有大人說話的樣子，說的都是聰明話、俏皮話，可卻是沒有實體感的、就僅止於最表面的那層聰明和俏皮；說得不好了，又始終有作為兒童的退路——伸伸舌頭，扮個鬼臉，撒撒嬌，就像個孩子般地混過去了。那是二十三、四歲、漂亮、聰明的女孩中常見的說話方式，既世故又嬌氣，太像大人又太像孩子。

但是沒有人會苛責這樣的沁兒。就好像沒有人會責備偶像歌手不懂中東問題。本來，這個晚上也會像其他的晚上一樣，要不是有個我們叫他小蔡、整個晚上悶不吭聲的人，忽然就開口了。

小蔡平淡地問了沁兒幾個問題。很普通的問題，例如問她對席間某個人的看法。沁兒以一慣的機巧笑著回答了，辛哥哥這人啊，好像很熱情啊……我不是說對我很熱情，我是說對他喜歡的事物很熱情……這一類，可以複製到任何人身上的回答。沁兒說完後，小蔡便開始說了。

「我有三個問題。第一，為什麼妳從剛剛一直保持著這個姿勢？」他模仿了一下，沁兒手肘架在餐桌邊緣，左手環抱著右手，右手支撐著下顎。那是一種看似撒嬌，但又帶有防衛性的姿勢。

「我問的是妳的看法，妳為什麼一直說『好像』？

「還有，剛才問妳問題的人是我，妳為什麼是對著全桌的人回答？」

沁兒露出不自然的表情，但很快用笑容掩飾過去了：「這麼說的話，好像是有那麼一點故作姿態啦……」眼神跟表情仍然是對著全桌的人說的。

「我點出這幾點，希望有一天，妳碰到問題時，可以想到我們今天晚上的談話。解決妳問題的關鍵，可能就在我剛剛點出的那幾點上。」

沁兒想結束這個話題的心切太明顯了：「是啊是啊，我一定會放在心上的。碰到問題時我會好好想想的。」

或許是太急著要把話題從自己身上引開，她在這裡犯了一個關鍵的錯誤：

「我覺得這些分析是很好的。每個人都有一點雙重性格嘛，就是看怎麼樣的組合，哪種個性多一點。」

小蔡忽然正色：「妳怎麼可以把每個人說成都一樣？妳有什麼學理說每個人都有雙重性格？我在說的是妳，妳為什麼要說『每個人』？」

沁兒可曾發現了嗎？她一步一步走進她不習慣的溝通方式，在裡頭潰不成軍了。她試圖把話題拉升到「每個人」的層次，沖散問題對她的針對性。她試圖把對話的內容，變成不是她和小蔡兩個人的討論，而是把全桌的人裹進來當擋箭牌。全桌人一起討論的泛泛的話題、飯桌上機巧的玩笑話是安全的。這樣針對她一個人、要求表態的話題則不是的。她臉色變了，聲音變了，笑容消失了，惱怒與氣憤的眼淚幾乎要掉下來了。

這時小蔡卻又收起辯論的態度：「妳看，我剛剛不過是否認掉妳的一個假設，給了妳一個小障礙。妳說『人都是有雙重性格的』，我否認這個假設，為什麼妳態度立刻變了，拋掉了妳最重視的外在形象呢？」

這時包括我在內的其他人基本上已經不忍心再看。有些長輩開口緩頰了。其實我對小蔡是佩服的。他看出了蹊蹺，用話引子去引出來，而且一路沒有鬆手。他不像我們共犯地說著那些順著說的話。或許沁兒真的需要一個人，至少一個人，點出那些滑溜的飯席對話的盲點，究竟是在閃避什麼，在害怕什麼。

我想起有一次見到沁兒的父親、林叔叔的情形。那也是個飯席，話題來到了玉石的鑑賞，林叔叔很有研究的領域。席間有個長輩拿下手上戴的一只翡翠戒指，讓林叔叔看看。林叔叔瞇著眼睛說：「這是好東西啊。翡翠，接近祖母綠的正色，這麼大一塊的戒面，不容易啊。」

那時我忽然覺得，沁兒是很孤單的。作為獨生子女，她一直在模仿父母親的說話方式。但她畢竟年輕，學了表面學不了裡面。就好像她也許能學著稱讚別人的戒指，但她不真的懂玉啊石啊的分別，並不當真能辨別一塊祖母綠的正色。有些智慧畢竟需要時間的積累。在父母親的寵愛與期望引導中，她不知不覺來到了這裡，彷彿當真見過許多世面，和許多人談過話。實際上她並不真的了解那些談話的人，也不為人所了解。她正逐漸走進一無人可及的，迷宮的中心。

許多年後，當她倏然發現自己置身迷宮的時候，沁兒會想起這個晚上嗎？她會不會才忽然懂了，那個突兀的客人（不起眼的，她連名字都沒問的），曾經試圖在她真正經歷挫折、困坐迷宮以前，提早教給她的一課。

那不是一個偶然的夜晚。那是一種必然的預先照見。

上海式分手

收到大學同學從德國發出來的email。一個月前我們聯絡時，她還在美國的賓州。不知從什麼時候開始，我們之間的通信，開頭總是先自報所在地：我在波昂，或是，我在上海。因為大家都在地球表面上轉得太頻繁，一段時間沒聯繫，又不知各自寫信的背景在哪了。大概十年前，我們才剛從同一間教室走出來。忽然之間，就變成地圖上移動的游標。

漸漸地朋友分成兩種。一種有比較固著的社會關係：家庭，孩子，丈夫或妻子，穩定的工作。這些朋友，你不太能突發奇想地對他說，走吧我們去西藏，但是可以打電話問他房屋稅的問題。

另一種朋友，不管結婚沒有，主要是沒有孩子，從事的工作在時間上比較有彈性，經常在各地旅行，或是還沒完全在一個地方定下來。這些朋友的email就會經常以「我在××地」開頭。他們總會問你要不要去那個新城市找他，或是問你人在哪兒、他能不能來找你玩。

前一種朋友經常會羨慕後一種朋友。前一種朋友，大多擁有自己的房子，雖說可能還在還貸款。他們當中有些人甚至已經開始考慮到，小孩子逐漸長大，現有的住房空間快要不敷使用，而準備換屋了。換屋時他們所考慮的，會比買第一間房子時多，例如要有小孩子自己的房間、爸媽或公婆的房間啦，還要有電梯給老人家、與馬上就要開始變老的自己使用。他們考慮事情時，有一種單身者缺少的寬度：要照顧到家裡每個人，乃至每個人在時間中將要發生的變化。他們總是羨慕後一種朋友的自由，羨慕他們用一只皮箱就可以把自己裝進去，飛往另一個城市。

我的後一種朋友當中，很多人也羨慕前一種朋友。經常要到世界各大城市出差的高階經理人，抱怨住五星級飯店住到要吐了。另一個剛在上海古北區買了兩房一廳的高級公寓：主臥室連著衣物間，廚房有烤箱，社區有會員制的游泳池和健身房，但屋子裡所有的東西都是給他自己用的，沒有「另一個人」需要考慮。（是不是因為這樣的緣故，我總覺得那屋子有點像個高級的玩具？）在三十出頭的時候，他們會忽然驚異於自己的處境，和從前想的不太一樣。沒有婚姻或孩子，沒有一個傳統定義的「家」，無法控制自己接下來會被派往哪個城市。到底是從哪裡開始，微妙地偏離了他們從前對人生的想像？或者，是當年從來沒想清楚過？

於是我的兩種朋友，就像《雙城記》裡的倫敦與巴黎，互相對照，彼此投去注目的眼光。我老是聽到他們羨慕對方的論調，但是很少人會毅然決然轉換處境，脫離前一種、加入後一種，或是脫離後一種、加入前一種。分開來看，他們其實都已經是生活無虞的中產階級——他們自己也知道，再不知足應該會被雷劈吧。只是，一切彷彿都很好，又有什麼不太對。

我出發到上海之前，有兩個「前一種朋友」剛喜獲麟兒，用email傳送著剛出生寶寶照片。然後到了上海第一天，給我接風的「後一種朋友」，說著自己才習慣上海卻要被派往廣州，談話的最後又（唉，我就知道）羨慕起有家庭、可以安居的「前一種朋友」來。

「你只是不擁有一個固定形狀的魚缸嘛。」我說。「那就大手大腳地在海裡游泳啊。」

「會淹死吧。」他不太甘願地回答。

夜裡，不知幾點，被一個姑娘哭喊的聲音吵醒。起先是模糊的，後來漸漸清楚，「我不跟你鬧了，你別走！」她這樣喊，大概是與情人吵架鬧分手吧。從頭到尾，我沒有聽見另一個人的聲音，因此我甚至不知道她是在街上追著一言不發心意已決的情人呢，還是在講電話。那姑娘以崩潰的音量大喊：「再等一下！」

然後我才想起我在上海，住在公司安排的商務旅館裡。這是我在上海的第一個晚上，沒有眼見、但卻耳聞了一樁分手事件。這是上海式的分手嗎？在台北，或在別的城市，我沒「聽」過這麼淒厲的分手。那聲「再等一下」特別慘。也許是情人頭也不回地走了，或是把電話掛了。我聽見她急匆匆的腳步離開了現場，之後下半夜就再沒有她的聲音了。姑娘話已說盡、籌碼出完，那聲「再等一下」，是最後還想緊抓住什麼的一次，無效的掙扎。

對她而言，局勢像流沙一般無法挽回了。她所攀附的愛情，像一個夢境那樣散去——就像我被她吵醒前作的那個夢一樣。夢境殘餘的片斷，好像還漂浮在旅館房間的空氣裡。我總覺得那聲「再等一下」，與其是對她離開中的情人喊的，不如說是對她想要依附的夢境的喊聲。但是夢境已經解開，城堡消失，現實中不存在的人回歸虛幻。想要再把自己藏進去，那是辦不到的。

其實我想對她說，一個夢境的散去真是沒什麼的。這個我未曾謀面的姑娘，在她的愛情夢境破裂的那一刻，同時把我從睡夢中吵醒了。以致於我感覺她像是存在於我之外的另一個平行宇宙，分享一種共同、但又不同的命運。她能不能就放開那個瓦解散落的關係，像穿越醒與睡的邊界那樣輕鬆呢？打破了一個魚缸，那就游到大海去吧。

但是這樣的訊息不可能傳遞到平行宇宙去。未曾謀面的姑娘消失在上海的一千三百多萬人口裡。她只能用自己的方法去經歷、去尋找一個出口。我不可能使她相信這些年來，我在時間中學會的信念，出口眼前便是，就地可以自由。

第二天，在上海的「後一種朋友」，也是我妹妹的大學同學，對我說：「妳那個妹妹啊，大學時候欠我兩千元，已經欠十年了啦！」他當然不是真的計較那兩千塊錢，是當作玩笑般地提起。

「你沒跟她說嗎？」我問（繼續喝著飲料，並沒有要替妹妹還那兩千塊的意思）。

「有啊，每次她都說：『你不覺得我們的友情可以維持到現在，就是因為我一直欠著你兩千塊嗎？』」

哈。我覺得我妹說得非常有道理。在這個全球化，朋友四散分居的時代裡，互相欠點什麼其實是挺有人情味的。這是大海裡的人際關係，互相記得在另一處汪洋裡的另一條魚，十年前、二十年前曾經做過的一件事。因此不論對方變成什麼樣子，彼此都還保有不會消失對話的起點。

妹妹，好樣的，那我就不幫妳還錢嘍。

城市的暗記

來上海前，有些朋友告訴我，到那裡會很容易生氣喔。坐電梯被推擠、站在你旁邊的人忽然吐痰、車輛一路狂按喇叭蛇行超車，他們說，這些都會令人生氣喔。真正到了上海後，他們說的事確實都在發生，但倒沒使我生氣。也許我已經習慣了從一個城市遷到另一個城市，抽換人際關係、空間與時間感，明白自己需要的是去適應新的標準，而不是生氣。

我比較不習慣的是買東西。這裡有各式的商品，花色與樣式都極多。但要買到設計單純、質感佳的東西反而難。例如我想找一件小背心，每當看到接近的樣式，打開一看，總是不對。這不對往往不是少了，而是多了點什麼，好端端的剪裁，突然多出一條蕾絲花邊，一個大蝴蝶結，或一排釘釦，於是你就只好把它放下來。

有一次看見一支洋傘，造型很別致。但在售貨小姐把傘從布套抽出的剎那，我脫口而出：「啊！有花？」本來以為是單色的素傘面，其實是沿著傘緣，點綴了一圈小花朵，精準無比地戳破我買它的打算。售貨小姐奇怪地看著我，我遺憾地謝謝她，轉身空手離開。

於是我發現自己的品味落在一個尷尬的地帶。一般的商品也算好用，卻在細節的設計上背叛著我自己。在台北，我覺得好看的東西呢，在上海要跳到另一個價格檔次，用高出許多的價錢才能買到。於是在購物這件事我是十足地高不成低不就：要勉強自己買多了圈蕾絲邊的上衣呢，還是走進agnès b，去買一件「其實就只是什麼都沒有啊」的背心？

最昂貴的往往是那個「什麼都沒有」，那個「不要多出細節」，那個「到這裡就好可以停了謝謝」的設計。

價格與品味的角力，結果是我在兩端之間當了牆頭草。有時候向價格合理這邊靠攏，有時向自己習慣的審美投降。走進我的小公寓，到處可見妥協與較量的痕跡。食器基本上是便宜的，但有一兩個茶杯還是買了比較好的細瓷。浴室門口放著大賣場的塑料拖鞋，洗手台上有同樣來自大賣場的洗手液（呈詭異的螢光綠，而且香得過頭），架子上卻有歐舒丹的浴鹽。衣服呢就都穿從台灣帶來的舊衣，很少買新的，偶爾買一件趕快忘記人民幣換算成新台幣是乘以四。不過有時也能在這美學的縫隙中想辦法自得其樂，比如說到小瓷器店挑撿粗粗的、帶著點民藝品感覺的便宜小碟。細看並不精緻，但頗有點復古的趣味。

這樣，也算適應了上海生活。

在茂名南路上想攔計程車。有人騎單車經過，伸手指了指對街。我才注意到對面站著一名交通協管，而我的位置可能還在路口二十公尺禁止招計程車的範圍。回頭看，那騎單車的人已經在好一段距離之外了。他沒有出聲，沒有說話，甚至沒有慢下車速，只是一指，給了我個暗示。

另一回，在路邊跟小販買水蜜桃，有個原來坐在路邊的中年男子，忽然走過來，站在小販後方看著我，像要說話，卻沒開口。他是在對我使眼色呢，在告訴我小販秤斤兩不老實。那小販可能感受到我起疑了，還是背後傳來一股無形的壓力，手也抖了，話聲急躁了起來，慌亂顯形於色。

類似這樣的事，讓我覺得城市是有其暗記的。一個手勢，一個眼神，帶有陌生人之間，隱晦的人情，向你揭露城市的規則。你或許注意到了，接收下訊息；或許沒注意，而錯過了路徑。這些暗記，出現得突然，隱沒得迅速。像是在時間的縫隙促不及防地開出了一朵隱形之花。

我的朋友們所警告於我的，那些不適應一個城市的惱怒，或許只是因為沒看見這些小小的指點，忽然出現又消失的引路人。我不相信世界是平的，覺得它對每個從不同角度觀看它的人而言都是相異的；覺得世界滿是抽屜和口袋，藏著一時一地一人的玄機。春日的園子裡一隻孔雀無聲地開屏了，在沒有人目睹的情況下又闔了起來。一枚行星誕生又消失。一顆種子在黑暗的地底抽芽、或者沒有抽芽，為了不明的原因。這些，發生在你知覺的背面，無感於你的喜怒或哀樂。

於是當有一天我在路邊的書報攤買雜誌，拿皮夾時不小心讓化妝盒滑出了背包，它應地心引力的召喚落下，不偏不倚正落在一口新鮮的痰上。那時我也就面不改色將它撿起來，用面紙包住，帶到辦公室去洗。仍然沒有生氣，並不像我朋友事前警告的那樣。

對於眼前的這塊小小地面，掉了化妝盒的我，與那在地上留下一口痰的前一個人，同樣都只是路人啊。然後我又想起在我小小的公寓裡的許多物品，我在買它們時，計較著、衡量著，想像它們的作用，彼此間的搭配，顏色和價格。就這樣它們被從各種等級的商店、以落差不等的價格被買回，拼湊起我居所的物質空間。一個短暫的宇宙。

一句沒聽見的話

世界盃足球賽落幕了。但留給人們最大的懸念，不是哪個戲劇性的進球，而是一句我們沒聽見的話。

法國隊的席丹在冠軍決賽中，頭擊了義大利的馬特拉齊，隨即被紅牌出場。幾乎大家都覺得這是不可能的，怎麼穩健持重的席丹會做出這樣的事。在那段一再重播的錄影畫面中確實可以看到，馬特拉齊緊跟在席丹身後，嘴形不斷開闔說著什麼。義大利隊拿走了冠軍獎盃，但是球迷們還在問，他到底說了什麼？

在事情發生的第二天，我在網路上至少看到三個版本的說法。一說是諷刺席丹的阿爾及利亞裔出身。二說是侮辱席丹的母親和姊姊。另外是咬緊了席丹曾在義大利尤文圖斯職業球隊踢球，罵他忘恩負義之類的話。根據後來席丹的公開說明，第二種說法是比較接近的。

那是一句我們都沒有聽見的話。但所有的推論都以為，一定是對準了席丹的某個弱點、他最在乎的人與事，像一枚楔子般插進心頭縫隙，然後憤怒就從那裡爆發了。網路上流傳的有關「那一句話」的說法，基本上都是環繞著他的出身，他的過去，他的親人。

於是在那一天，球場不只是球場，決定勝負的不是技巧、體力，這些純體育的因素。是關於「你是誰」，「你在乎什麼」。球場內外的界線消失，比賽時間的限制也很泯滅：過往、出身，被帶到了場上；而那一下頭擊，又將跟著他走到場下，成為一生的紀錄。我們這些觀眾可曾意識到，我們所注目的球場，乃是席丹以及其他所有球員，生命的一部分而已？他並非只活在球場上。踏上草坪時，身上攜帶著生活裡的愛憎。

在許多球星光環耀眼，拍起廣告架勢更勝明星的這個時代，席丹長得並不好看，早早就禿了頭，看上去樸素而沉默。我想起讀到過的一些關於席丹的小故事。幾乎所有在席丹開始踢球的早期認識他的人，都會提到他的害羞膽怯。十五歲那年，把席丹帶進嘎納隊的瓦爾勞德說，他當時看出「這孩子的怯場主要是因為性格內向的關係，一旦想辦法讓他進入正軌的話，他的前途將不可限量。」瓦爾勞德還回憶過席丹因為打了在場上踢他的球員而被教練罰掃地。十六歲時席丹在他的第一場職業球賽中遭遇一位對手，也就是後來和他同為法國國家隊隊員的德塞利，兩人在場上有不少肢體衝突，席丹回憶德塞利的骨頭很硬，而德塞利則說席丹當時還膽怯得像個小孩子呢。

這個阿爾及利亞裔，貧窮出身，曾在馬賽球場撿球的孩子，是怎樣成為世界頂尖的球員的？是不是真如當年瓦爾勞德所說，克服了他內向的性格，才成就其不可限量？那克服的過程，又有多少不為人知的事？

王國維在《人間詞話》中有兩段關於李後主的評論，我特別喜歡。「詞人者，不失其赤子之心者也。故生於深宮之中，長於婦人之手，是後主為人君所短處，亦即為詞人所長處。」「客觀之詩人，不可不多閱世。閱世越深，則材料越豐富，越變化，《水滸傳》、《紅樓夢》之作者是也。主觀之詩人，不必多閱世。閱世越淺，則性情越真，李後主是也。」王國維把詩人分為兩類，一種需要有較多的經歷和體會，另一種則正好相反。李後主，正因為他是在深宮裡養成的，對外在世界的閱歷不多，因而保存了一種直觀的銳度。但也正是因為這個銳度，在南唐亡國，面對不再友善的宇宙，才能寫出後期那麼深刻沉痛的作品來。宮殿是個培養皿，長期以恆溫恆濕養成著這枚珍貴的菌體，然後放出去，讓他在突然的溫度變化中，完成劇烈的抽搐。我們稱之為藝術和美。

時間、命運，是以什麼樣的方式養著我們？等待那打開培養皿的一刻來臨時，我們才知道我們會從什麼方向被檢證，留下什麼樣的姿態。

足球員當然不是主觀的詩人。在現代國際化的職業足球場上，頂尖的球員會被簽到另一個國家去踢球，像到各樣的環境裡打開培養皿。球員多國籍的組合使他們必須適應各種球風，養成技巧以及性格，處理球場外複雜的關係，決定年少時的潛力是不是得到發展，或者就此隱埋。要練得既有爆發力又冷靜，要練得會激怒對手但不會為對手所挑釁。

我總覺得，那一下頭擊的瞬間，席丹或許又成了當年那個內向的孩子，不明白為什麼對踢他的人還手會被教練罰掃地。他本性羞怯，卻要學著在球場慣見的語言與肢體衝突中立足。有時他以球技繞過暴力，有時候也動粗。也許隨著歷練與成長，他畢竟突破了性格的某些限制，才到達今天的高度。也許有些性格，一直不曾改變過。

那一句我們沒有聽見的話。它就像一句咒語。並且籠罩在這咒語下的人不只是席丹。我們這些在電視螢幕前盯著那戲劇性、又彷彿命定一幕的觀眾，都一起看見了那魔咒揭露的世界。

那一刻我們意識到球場彷彿劇場，淚水，汗水，真摔，假摔，技巧的展現，暗中的拉扯，國族主義的吶喊，與排外的冷潮熱諷……一個球員經歷這一切才站上了世界盃的球場，像是盤球穿過重重的防守。會到哪裡？誰也不知道。即使已經在歷練中變得沉穩，性格裡某個微小的角落，也許還封存著原有的靦腆。而爆發的憤怒，也還如同一名內向少年第一次遭遇衝突時般地，新鮮激烈。

那一句我們沒聽見的話，也許提醒著我們這樣的訊息：世界不只由優美細膩的技巧成就所構成，還有無理可說的潛現象與衝突，很多時候一個人必須獨自消化、承受，以便走得遠一些。

閏七月之秋

二〇〇六年是閏七月。連過了兩個七月十五之後，秋天便來到上海了。夏天的涼被已經不太夠用，到了夜裡，擱在被單外的手臂感到一陣陣冷縮。冰箱裡還有半個西瓜，但是那泛著水氣的紅果肉引發的已經不是食慾而是腸胃的懷疑「恐怕太涼了吧」，時節已經不適合吃性涼的瓜果了。

於是就在不覺間完成了一個季節的代換。在台灣，夏季與冬季之間沒有那麼明顯的過渡。通常秋天不是作為夏天的延長，過了中秋還悶悶地熱著，就是過早被一兩個寒流定義成了冬天。於是上海的秋天對我有一種新鮮的、令感官醒覺的作用。吃東西的胃口變好了，且自然地挑揀著溫性的食物，似乎身體會自動布置防衛系統，對即將而來的冬季。早晨出門時天空經常帶著灰色，畢竟太陽光的直射角度，已經從北回歸線轉移到赤道一帶了啊。

有久未見面的友人來訪，聊了一夜通宵，著了涼。第二天全身筋骨隱隱地痠疼，於是決定去推拿。

推拿店就開在我住的社區，面街、也是面河的一側。店主是一對東北來的姐妹。姐妹倆人長得既像、又不像，好像是一個模版刻出來，但是被印成精裝和平裝的兩種版本。姐姐比較樸素，個子矮小些，穿著成套的黑色運動夾克和運動褲，側面有三條白槓的那種。妹妹就高䠷亮眼得多，化著妝，打了三對以上的耳洞戴著三對以上的耳環，雖說也是穿著運動外套和褲子，卻是較為女性化、白色的系列，T恤是釘了亮片的，指甲是做過的。這一黑一白一高一矮的兩姐妹，領著幾個年輕的推拿師傅，在河邊社區經營著這個小店面，有一年了。

首先試用了這家推拿店的，其實是前陣子來的幾個朋友。她們預繳了一些費用，得到一張六折卡，走時便把那張還有三百多元人民幣在內的卡留給了我。我到上海後川流不息地接待友人，偶爾也得到這樣的小回饋。

我第一次帶著六折卡到推拿店時，發現我在那兒已經挺有名了。「這是你的朋友辦的卡啊？我知道我知道，她們是台灣來的。妳是住這兒的吧，妳也是台灣來的，來了有幾個月了對吧。」

然後她們一一數出我那幾個陸續拿同一張會員卡來消費的朋友。幸好已經過了文化大革命街道委員會的時代，要不然她們連我來往的是哪些匪類都一清二楚。甚至，有一天我做菜時碰傷了手指，血流不止，是我的朋友到推拿店來問哪裡有藥房，給我買來了雲南白藥。這時候黑白姐妹也想起來了：「前幾天受傷的是誰啊？」

我舉起貼著ＯＫ繃的手指：「是我。」

要是我想怪朋友們太多嘴，「推拿就推拿跟老闆拉什麼關係嘛真是」，那我就冤枉他們了。腳底按摩一開始，店主中的姐姐就跑來坐在我旁邊的沙發椅上，問我喜歡看什麼節目，來這兒做什麼工作？不久妹妹也來加入，坐在我另一邊的沙發，問我台灣什麼樣子，有黑道嗎？有吸毒的人嗎？畢竟是親姐妹，她們的表情是很像的，一人一邊把眼睛睜得圓圓的，好奇地盯著你問問題。好像你不是去推拿，是去她們家客廳看電視，需負擔聊天的社會責任。

要是以為因為我從台灣來，她們才對我這麼感興趣，那我就又誤會了。不久進來了一位小姐，從袋子裡拿出ＤＶＤ來還給姐妹倆，妹妹便和這位客人熱烈地討論起這部叫做《亮劍》的電視劇。妹妹甚至讓這位客人到裡面的房間去推拿，以便用ＤＶＤ機放另一部電視劇給她看。

換句話說，這兩姐妹的推拿店有一種里民活動中心的感覺，她們在此只管大剌剌地三姑六婆。要開始做背部推拿時，我被帶到另一間房間，門關上之後，只剩我和這位江蘇來的女師傅，忽然就安靜了。不用再回答問題真輕鬆。江蘇師傅說話的聲音低低的，對比門外傳來新到的一批客人大聲的交談聲，真是溫柔啊。

「這些上海人說話真大聲。」連江蘇師傅都這麼說。

後來我才發現，晚上九點過後的推拿店，又從里民活動中心再度變化為另一種面貌。來的是一群年輕人，總共八九個人，就佔滿了整家店面。黑白姐妹只好火速從附近的同行調來人手，應付成群結隊而來的這些年輕客戶。這時姐妹們擅長的東家長西家短已發揮不了作用了。年輕人們盯著電視，大聲笑鬧。他們不像我這種單獨而來的社區鄰居兼客人那麼容易被個個擊破，輕易就被姐妹收進她們的聊天網內。他們坐在沙發椅上任由師傅對付著他們的腳掌，彷彿下半身不存在般地看電視喝茶聊天，話題自成一國。姐妹們這時只能在店內走來走去，巡視著哪個客人的水杯空了。有時人就是這樣自然地被周圍的風景所改變。

星期一早上醒來覺得涼，盤算著今天該去買冬天用的被子了。上海姑娘安妮告訴我，一年要有三件被子，夏被、春秋被、冬被。夏被最好是蠶絲的，冬被是鵝絨或鴨絨，而春秋被則是化學纖維的七孔被或九孔被。我可不打算買那麼多被子，跳過春秋被直接買一床冬被，應該就行了吧。

於是圍上了薄圍巾出門，邊走邊用iPod聽著英國樂團Oasis在二〇〇二年發行的專輯《Heathen Chemistry》。忽然感到像Oasis這樣的樂團，正是最適合在秋天、在路途，邊走邊聽的歌曲。在虛無的面前，這樣的音樂有多像虛張聲勢的紙老虎，就有多像真正的救贖。

難道這不一向就是希望與絕望並存的世界嗎？天空高曠而遙遠，太陽的光芒偏移著角度，路邊的梧桐樹就要開始落葉。我就這樣聽著Oasis，一路默默，往前走。

浦律子

我在開羅機場認識了一個叫做律子的日本女孩。

飛機抵達開羅的時間是早上六點，我辦理完通關手續，拉著行李通過檢查站時，有個穿著打扮像機場工作人員的人過來問我要不要計程車。他身上掛著像是工作證之類的東西，但我不太確定他的身分是什麼。

「不用。」我說，我還是習慣使用大眾捷運系統。「請問到亞歷山卓，在哪裡坐車呢？」

這時走在我前面，一個穿著筆挺襯衫的中年男人，忽然回頭說了句什麼話，那個工作人員模樣的人便不再跟上來了（我可以感覺到他的眼光，像是無奈地看著客人被別家商店搶走了）。然後那中年男人用英語對我說：「亞歷山卓？跟我來。」

我原來以為他是和我一樣剛下飛機的旅客，見義勇為地提供外地人一點協助。事實上他也是一付熱心人士的樣子：「我是在幫助妳。」他說。「我帶妳去坐計程車，到亞歷山卓只要美金五十元。」

咦？這個嘛……「謝謝。我還是去遊客諮詢中心問問看好了。」我說。拉著行李轉身就走。

「熱心人士」跟過來了：「嘿，五十美金非常便宜！諮詢中心只是給人問有關飛機的問題的啦，他們不會告訴你怎麼去亞歷山卓城的。」

聽了這說法，益發叫人生疑。到了諮詢中心的櫃檯前，沒有人在。那時是早上六點多鐘，太早了。「熱心人士」還是跟著我：「看吧，沒有人！」我覺得他的口氣幾乎有點幸災樂禍了。

我克制著想瞪他一眼的衝動，不放棄地拉著行李在到達大廳裡，看看有沒有往公車站的指示標誌。他又跟上來了：「這裡沒有公車，也沒有火車。你只能坐計程車啦！」

我說：「你讓我自己找吧。」繼續拉著行李在機場大廳裡東張西望。

他跑到大廳的一個旅行社櫃檯，拿出一張標準收費表。「妳看，我沒有騙妳，是美金五十元。」

上面確實寫美金五十元沒錯。事實上，後來我比較清楚行情時，知道從開羅機場到亞歷山卓約三個小時車程，包一輛車美金五十元並不算多麼離譜的價格。可是當時我缺少參照係數，而且這位「熱心人士」的表達方式太不直接，感覺太不可靠了，連他到底是旅行社員工、還是什麼人，我都摸不清楚，實在不想接受他的「幫助」。

有一輛航站間的接駁車，已經在斑馬線邊停了一會了。既然找不到別的車子，我就拉著行李往接駁車走去。「熱心人士」一定已經意識到我想做什麼，他像是在做最後的努力，跟在我身後不斷地勸說：「不是這個車子啦！這個車子沒有去亞歷山卓城。」

但我還是跳上車了，問司機：「請問要怎樣到亞歷山卓城？」「上車吧。」司機說。「先到停車場，然後要換車。」我覺得他似乎從剛剛就一直看著車門外，「熱心人士」緊追我不放的情景，他全看在眼裡了。只是在我沒有走上他的車、沒有開口向他詢問之前，他便不管也不問，只是看著。

就在他回答我問題的那一刻，「熱心人士」悄沒聲息地退場了。就像剛才「熱心人士」出現，機場工作人員模樣的人就迴避了一樣。「熱心人士」知道我已經被另一個系統接管了，他拉我去坐計程車的念頭成為了泡影。我在車上坐下來，放下行李，回頭一看，已不見他的蹤影，彷彿這個人從來沒有存在過。

我差不多就是在這時遇見律子的。剛抵達埃及這十幾分鐘內的遭遇，使我對這個陌生環境起了戒心。車廂內是用我不熟悉的語言在交談的人們，當中有些人打量著同樣令他們感到陌生的我。我感到一種作為外來者的格格不入，一種無法確實掌握方向的不安。此外還有一件事使我擔心——我身上只有美金，沒換成埃及鎊，剛才在機場大廳沒看見兌幣的銀行窗口，我擔心待會沒有錢買車票。

正當我擔心的時候，一個東方臉孔的女孩上車來了。她身上揹著那種自助旅行者常用的實用行李袋，穿著輕便的球鞋與T恤，在與我隔一條走道的位置坐了下來。我注意到她手上拿的是日文的旅遊手冊。

司機把車開到一號航站的停車場，指著不遠處的一個候車亭，用他破碎的英語，叫我到那裡去搭車。這時日本女孩也靠過來，問怎麼去開羅市區？他告訴她到同樣的站牌去等。

於是我們兩張東方臉孔，各自拉著行李，在候車亭坐了下來。

「嗨。」先開口打招呼的是我。「妳從日本來嗎？」這樣聊了幾句，我問她知不知道在哪裡可以換錢。

「妳還沒換錢？」她驚訝地說，一付「妳太大意了吧」的表情。

「也許你可以待會跟司機換錢。但是要小心他們騙妳。」她說，拿出剛剛她換錢的收據給我看。「妳看，美金對埃及鎊的匯率應該是這樣。」一塊美金大約換五塊七埃及鎊。

「嗯……如果妳需要，我可以換一些給妳。」她說。

老實說，這正是我想說的事。

於是我跟她換了五十美金。她拿出手機，用計算機功能，按照剛剛銀行收據上的匯率，計算五十美金可以換多少埃及鎊給我看。算完後她把手機遞給我：「你自己再算一次看看，因為我不想騙你。」

後來，當我在另一個城市，另一個地址，想起這個叫做浦律子的女孩時，忽然對她那時的謹慎生出另一種理解。她看起來很自信穩重，在單獨從事自助旅行的人臉上你常會看見那樣的自信。但她也是謹慎的，拿出單據，計算機，在給予你幫助的同時，也要讓你清楚知道她沒佔你便宜。像是亮出雙手，讓對方知道自己手裡沒有武器。這是一個旅行了許多地方的人，知道不同文化、不同性格的人，有多少種相互誤解的可能，因此寧可麻煩一點，話說明白在先。當時，在那個我還不明白其規則的地方，我很需要她這種亮出規則的作法。

我和律子的相處，前後大概只有四十分鐘。從我們坐上接駁公車，到接駁公車把我們載到停車場，換另一部接駁公車，然後再問路，按路人指引的方向步行到巴士總站。我們在這四十分鐘中交換了彼此的名字，電話，email，簡單的自我介紹。她說她原本在銀行工作，曾在香港住過一陣子，去年起辭掉了工作，打算花一年的時間到處旅行。已經去了南美洲，印度，這次專程來埃及。

在巴士總站，我們分別詢問自己的目的地。「到開羅市區？」「到亞歷山卓城？」

於是她上了開往開羅市區的巴士，而我到售票亭去買票。一開始以為售票亭沒人，再仔細一看原來售票員躺在地上睡覺……真的是太早了啊。

幾經折騰後我終於也坐上了往亞歷山卓城的巴士。接下來的一週，為採訪亞歷山卓博物館而忙碌，律子應該也是忙著探索埃及吧。不知她回日本了沒？已經開始計畫下一趟旅程了嗎？

這些旅人與旅人之間的，短暫的交會呀。幾個禮拜後的今天，我在上海想起律子小姐——想念她當時幫了我一個大忙，以一種謹慎明白的、亮出規則的方式——卻懊惱地發現，我弄丟寫著她email和電話號碼的那張紙條了。

風塵僕僕

十月，剛發現我可能是有過敏體質的。

症狀純粹是咳嗽，咳到夜裡沒法睡，呼吸困難。去了醫院，醫生說：「這是你第一年在上海過秋天吧？」他說非常可能是過敏。

但我在台北從來不曾過敏。台北氣喘、過敏性鼻炎的人那麼多，我不在其中。在英國的時候，聽說有些人對花粉過敏，我也是免疫的。沒想到會在上海變成一個過敏的人。

雖然咳嗽的症狀，在服用藥物之後已經緩解了，但是氣管和肺部卻變得極端敏感。從室內走到室外，空氣的溫度改變了，胸腔立即有反應。清晰而具體地感覺得到臟腑內在的空間，有個空洞，纖毛警醒豎立，神經端子戒備著，消化著陌生的空氣。有時發作出來，成為一陣咳嗽；有時臟腑與空氣雙方獲得妥協，敏銳的感覺遂安靜下去。

車輛的廢氣和菸味也會引起症狀。有一天，僅僅是經過吸菸區，就猛烈地咳嗽起來，使我懷疑會不會因體質而必須和抽菸的人保持距離了：可是我不想失去抽菸的朋友們啊……幸好後來咳嗽情況改善了，氣管還是為我而合群了。

過敏發生至今一個多星期，我像是突然被新增了一種感官，會清楚察覺到空氣質地的變化。在此之前，一直都是毫無所覺、麻木不仁地進出吸菸區，穿越尖峰時段廢氣騰騰的馬路，在空調大樓走進走出。現在可好了，僅僅是從一個房間走到另一個房間，都會感到肺部的張力在伸縮、調整。

奇妙的不是我忽然獲得了這個新感官，而是我這麼多年來竟然沒有以這種方式感知空氣過。沒有感受到過空氣之於胸腔，乃是一種異質物。沒有感覺過臟腑與空氣的臨接時刻，是一種陌生又熟悉、戒備又擁抱的接觸。

這世界還有多少我看不見、察覺不到的度量方式？

一面適應著這個過敏的新體質，一面如常進行著生活的種種。週五晚上和同事去吃燒肉。蝦蝦在店裡訂了一箱阿根廷紅酒，是跟熟人拿的批發價，物美價廉。米亞拿出相機來拍照，結果相機被當成這個晚上最主要的玩具。影像成了一種遊戲：拍照的人指定主題，當模特的人要把表情做足，還會有人自任「創意總監」，在旁邊指導構圖。蝦蝦是此中高手，表情豐富，演什麼角色都像。

這個遊戲的精神在戲仿。戲仿媒體影像中最俗套的表情與身體符號。例如端著沙拉碗豎起大拇指的美味表情，黑道要狠表情，名模嘟嘴擠胸的姿勢。影像時代所有人熟悉並共有這些媒體上常見的視覺語言，只需藉用一只數位相機便可以將它運用為一種搞笑的遊戲。

是不是可以稱為影像的扮家家酒呢？小時候我們模仿大人的行徑，裝著假聽診器學醫生，偽裝炒菜款待客人。現在我們戲仿媒體的影像，仿得越俗套越瘋狂。

其中我走開了一段時間。因為發現店裡竟然有《誠品好讀》，就到角落去翻一會。聽到從旁邊隔間傳來他們喧鬧的聲音，已經把模仿主題進行到「速食麵」系列。不知道豚骨拉麵的表情是怎樣個作法？紅燒牛肉麵呢？星期一記得要照片來看。

結帳時發生了一個小插曲。這家燒肉店的消費價位不算低，我們當中有個年紀輕、工作未久薪水不高的小維，蝦蝦有意讓她少出一些，又怕小維脾氣倔不肯，刻意用台語說：她一百，我們一百五。偏偏其他人默契不佳，還追問：

「啊？多少？」蝦蝦用台語再說一遍。這樣重複兩次，已經被敏感的小維兒察覺有異。「為什麼說台語！」她說：「他媽的，為什麼說台語！」

她當然不真是氣我們說台語，而是意識到有什麼瞞著她。她的性格我知道，她會說讓她少出錢就是不把她當朋友。蝦蝦向她保證真的只要一百元，她懷疑地說：「一百夠嗎？酒錢我也要出！我也有喝酒啊！」

一個晚上的戲仿與無俚頭大笑，最後還是在這麼小的事端上留下了界線。可能雙方都太敏感了，蝦蝦敏感地不想讓小維負擔太大，小維敏感地不想受到特別待遇。

我微有感觸。出了餐廳，其他人還約著續攤，我說不了，攔計程車先走。

一夜好睡，次日醒在陽光極好的清晨。原本約了吃brunch的朋友，前夜裡來簡訊改了約。於是一個上午被騰了出來，打開窗戶，洗衣服，整理室內。

在陽台上晾衣，停下來望著遠近的房屋與街道，河岸與天空。忽有風塵僕僕之感。

風塵僕僕卻不是勞頓，而是一種輕盈的感覺。像是忽然意識到歷史走了多少路來到這裡，又將繼續無盡地走下去。現實有時像枷鎖一樣套在你身上，有時又像空氣中的塵埃，輕飄飄抖落。

我不知道，是不是過於敏感於自己作為一個異鄉人。並不是因為我新來到這個城市。在台北，在倫敦，在紐約，在舊金山，我都曾經有過這樣的感覺。在這個人群，或在另一些人當中。

當晚又咳嗽醒來。安靜了幾天的氣管，不知為了什麼又劇烈反應。慢慢喝杯熱水安撫住身體，躺回被裡，在黑暗中我想，此生的這個「自我」，乃是一只舟筏。

身體，身分，性格……這個「我」，是我搭乘的船筏。乘著它越過世事之大海，直至生死的界線。我還在這世間的時候，它以它的病與痛，它的愉悅或抑鬱，它的限制，它彆扭或執拗的性格，它的才能或身分，它的幻想，它的慾望，所招致、引發的種種事故，將我推往一回又一回的經驗。

我忽然感到對這個作為舟筏的自我，無比的信賴。它並不是一艘精美的畫舫，它不保證風平浪靜的航行。但每個人確實都藉由他的「自我」之存在，而經歷了其一生之中的航行，獲得此生的體悟。

我信賴它。因為它既是我唯一的，也是稱職的舟筏。我信賴它不只為那些快樂的時刻，也信賴它會讓我吃苦，使我繞路。我信賴它將我帶往坦途，也帶往風浪。我信賴它，捎我一程。

高原與鐵路

我那住在北京的朋友小凡，計畫今年要到青海去當一個月的志願教師。據說是個偏僻苦寒之地，原來就只有一個教師。後來唯一的教師也不幹了，只好由附近寺廟的喇嘛代課兼當校長。八十幾個小孩，不分年級地在一塊兒上學。

對於不習慣當地氣候的人而言，夏天已經是最不苦的時節了。為了避免城市知識青年的熱情，一下地就被嚴峻的環境給磨平，她特別挑了夏天去。即使如此，還是被朋友們唱衰，大家都拿聽說那裡多苦多苦來嚇她，說她住不了三天就會哭著要回北京，巴巴地在村口等車來接。小凡不為所動，堅定要在今年執行她的青海之行。

預定出發之前兩個星期，小凡患了感冒，而且還咳嗽。感冒在平地是小事，但到了高原空氣稀薄之地，卻是致命的。「感冒沒好就不能去。」醫生和去當過志願老師的前輩都這樣警告她。看來真是不能掉以輕心，她也確實聽話在家養病，等著感冒好。誰知道都等了三個禮拜了，還是咳嗽。眼看遠在北京的幾隻感冒病菌，又要讓青海的八十個孩子度過一個沒有老師的夏天了。

就在小凡等待感冒痊癒的這段期間，青康藏鐵路通車了。忽然之間，青海、西藏變成新聞的焦點。這條全長一千一百四十二公里，海拔最高的鐵道，使從青海到西藏的旅途，縮短成十三個小時車程，並且是坐在設計如同機艙、有隨車醫生、補充著氧氣以防治高山症的車廂裡到達，大大地降低了旅途的難度和危險。在新聞裡我們透過攝影機鏡頭看見，那些白雪皚皚，巨大凜然，充滿神性的山脈，就在月台之外，彷彿伸手可及。

一個多世紀前，鐵路剛被引進中國時，曾遭遇到強大的抵抗。這一頁歷史，是中國現代化初期最激烈的撞擊之一。火車被妖魔化，有的路段才建完就被拆毀。而且反對者不只是未受教育的小民，還包括沈葆楨等知識分子與重臣。記得以前在教科書裡讀到時，只覺得那些反對意見愚昧、民智未開。現在我反倒覺得可以想像、而且同情，那些第一次看見火車的人，會有多麼地驚恐。

在火車出現以前，這塊大地上，從沒有任何人、任何物種，可以用那樣的速度，那樣機械而無視於環境的方式，冒著黑煙呼呼地前進，彷彿一把利刃切開大地的肌理。反對者認為這會震動祖先墳塋（其中最重大的當然是滿清的皇陵），破壞風水。另外就是佔用良田，影響百姓生計。

這是一種與現代文明截然不同的土地觀。對於當時的人來說，土地是育養性的，她的第一個是作用是作為良田，成為升斗小民依賴、附著的地床。徵用田地築鐵道會剝奪了這個根基，使人民流離。他們的另一個視角是死者的角度。對於當時的人而言，埋入了地底的死者，並不真的在死亡的瞬間就斷絕了與此世間的一切聯繫。他們像植物的根莖般藏在地底，卻仍然能對世間的事物產生影響作用。

土地是神秘的，是在混沌，曖昧，黑暗中孕育著滋養的力量。對於世代抱持這樣觀點的人群，第一次看見火車呼嘯著切開地平面，那景象對他們而言必然是極端暴力的吧。

當時的觀點，不是完全沒有道理。但或許人類小看了天地的容量。當鐵道最終在大地上被築起，它也成為大地的一部分，轉換一種方式來育養與支撐著這個人世。

許多新興行業因鐵道而生，人群沿鐵道而居。近年大陸有一套電視影集「鐵道突擊隊」，是以抗戰時期在山東南部游擊抗戰的「魯南鐵道大隊」為題材。據說有些身手矯健的人，能從行進中的火車躍上躍下，把火車上的貨物偷下來換錢，形成一種特殊的行業，叫做「吃兩條線」。日人佔據山東後，鐵道成為運輸物資的補給線，對鐵道軍事控管轉嚴，「吃兩條線」這一行也隨之沒落。但這群亦盜亦俠的人物，卻組織為抗日的游擊隊伍，炸燬鐵路橋樑，劫掠日軍的物資。一九四五年日本宣佈戰敗，棗莊一帶的日軍是直接向這支由游民、飛賊、工人組成的游擊軍投降的。

「吃兩條線」這行業，可能是鐵路在中國帶來的戲劇性產物之一。距離一八七七年沈葆楨下令拆除吳淞鐵路不過半世紀，中國人民已經習慣鐵路的存在，而且找到在它沿線營生的方法。

我不太喜歡拿「人定勝天」來形容人造的建設工程。這地球上的空間，險阻有時，展開也有時。如果不是青康藏高原的天險，便不會形成有效的保護，使西藏如同一個雪櫃般封存著宗教教法的根基，在適當的時機傳了出來，使許多包括我在內的二十一世紀人受益。還有可可西里的藏羚羊，要不是入藏之路那麼難走，恐怕遭遇的獵殺遠比現在更多，不是死絕了，就是剩下少數的幾隻被養在柵欄裡，從觀光客手中接食物吧。但總也會有那樣的時候，一條道路被開闢出來了，轉換了環境與我們之間的關係，封存在雪域裡的心靈與自然的寶藏，能讓更多人接觸到。我寧願認為是時候到了，這被鐵道橋樑連通起來的空間應當被珍惜愛護，而不是自大地以為是人類對自然的又一次征服。

直到我寫這篇稿子之時，小凡仍然在等待著感冒痊癒，等待著進入青海的時機為她敞開。小凡說：「我怕這次去不成，以後就再沒有機會了。」我覺得可以理解她的心情。時機這東西是難測的。今年去不了，明年也許因為新的工作，因為家人，因為身體狀況，因為種種牽掛種種因素，更加去不成。雖然感冒聽起來像是一件小事，但自然正是透過微小的事物，改變著時機，以及命運。

我希望小凡能去成。希望那八十個孩子今年夏天會有一個老師。

手工鞋作坊

訂製手工皮鞋的鋪子，在一個秋天的午後出現我眼前。鋪面很小，要不是米亞在店門口跟我招手，我可能就錯過了。走進店裡，狹窄的門道同時充作展示間，木櫃中放著一雙雙基本參考鞋型，有男鞋有女鞋，各種高度、各種形狀的鞋跟，地上靠牆排列著女用的長靴。我們沿著這道由鞋靴排列出來的狹窄彎道，像經由食道進入胃部一樣，進了一個相對稍為寬綽，但還是不大的空間。採光幽暗，散發著皮革的味道。

那幾乎就是童年時候看小木偶皮諾查的故事書時，想像中那個老鞋匠的店……當時我是這樣想的啦。事後向朋友提起，卻被狠狠嘲笑了一頓：「拜託！小木偶故事裡的是老木匠啦！當然是老木匠才會做木偶啊，鞋匠跟木偶有什麼關係？」

我大為詫異。說得有理，確實應該是木匠才對。但不知為什麼我一直以為是個鞋匠。好像應該是個安生本分為人做了一輩子鞋的老人，每天在他狹窄陰暗充滿皮革味的店鋪裡，看著時尚男女們踩著他做的鞋子走出店門，到與他再無關聯的生活裡去踩踏紅塵。應該是這麼一位老人，在他半地下室的手工作坊裡彎腰幹了大半輩子活，有一天忽然決定不再為別人、而要為自己做點什麼。

這老人突如其來的、微小的追求，也只能在他的小世界裡去實現，用現成的工具與材料來為自己做點什麼。但我想他不該是為自己做一雙鞋——他所做的這件事，應該是不那麼實用的，把平常用來營生的時間挪用去做一件絲毫沒有用處的事，這是他僅可能的溫馴反叛。於是他為自己做出來的不是一雙鞋，是一個木偶。

因為這樣，皮諾查不是個完美的木偶。他其實是一個從沒做過木偶的鞋匠做出來的。皮諾查應該有一頂皮革做的帽子，和吊帶褲，用的都是做鞋用的皮料。皮諾查的身體，是用做鞋型的木頭刻出來的。一個老鞋匠老年時的渴望，也是卑微的，誕生於現成的廢料邊角之中。它沒有將生命推倒重來的破壞性能量，但其中隱含著一個孤獨老人暮年時的想望與期待，卻是更安靜地擲地有聲。

皮諾查最終背叛了老人微小的追求。這是這個故事的悲劇性。

以上是我對「老鞋匠創作了皮諾查」這個記憶失誤的辯解。越說我就越覺得是老鞋匠才對。這種時候我就理直氣壯地感到，世界是歡迎誤讀的。

眼前的這家鞋店，大小、空間看起來就幾乎像是我心目中老鞋匠的工坊。只除了幾點。第一是牆角擺著電腦，老闆的ＭＳＮ就開在桌面上，有長長一大串好友列表。第二是小几上放著中英日文的雜誌，幾位穿著時尚的顧客翻看著雜誌，從雜誌中找出自己想要的鞋樣。畢竟已經是二十一世紀的上海了，手工鞋鋪做生意的方式也改變了啊。老闆約莫三十多歲，蓄著山羊鬍，穿著T恤牛仔褲，他一面和我們討論鞋樣，一面說著昨晚喝醉了想不起把重型機車停在哪裡真糟糕。他一點都不像個鞋匠啊。我聽見他輪番用上海話、普通話、英語和顧客們溝通。

米亞自己設計了一雙鞋，她把設計圖在老闆的電腦上叫出來。「可以幫我做雙這樣的鞋嗎？」

那是一雙黑色麂皮鞋面，腳踝處以黑色緞帶繫綁的高跟鞋。米亞把鞋跟畫得很細很高，優美修長，但從比例上而言就不合現實，根本不可能穿著在路上走路。我在心裡嘆了一口氣，那其實是一雙夢想中的鞋啊。

可能每個女孩子都有一雙夢想的鞋。因為是夢想的鞋所以不可能在任何地方買得到。因此一家手工鞋鋪，很多時候面對的是女孩心裡那雙鞋。我看了老闆一眼，他什麼都沒說，我在想他究竟明不明白，那雙鞋是不可能被做出來的。有時候，所謂的夢想，尺寸就只是一雙鞋那麼大，細窄的鞋跟顫巍巍扥住了我們全部的重量。

幸好米亞很清楚，最後做出來的鞋不可能有這麼細高而危險的跟。她到前頭的木櫃去找一些樣本，試看比較可行的高度、可能的鞋跟形狀。

一切選定之後，老闆拿出數位相機來對著螢幕拍下那個設計圖。

「啊？」我和米亞一起大叫：「老闆，我們可以把圖檔給你啊。」這樣拿相機翻拍電腦螢幕真的太荒謬了。

但老闆說：「我的印表機壞了。還是得沖照片出來，給師傅看，不可能拿電腦檔案給他們啊。」

所以，實際上比較接近我心目中的老鞋匠的，應該是老闆幕後的那些不用電腦的師傅們，而不是騎重型機車，穿牛仔褲蓄山羊鬍，整天掛在ＭＳＮ上的老闆吧。

後來米亞告訴我，她去拿鞋子時正遇見老闆和一位西方顧客起爭執。老闆走到外面：「我下輩子不要再做鞋子了！我做了太多的鞋子了！」

原來週末喝到醉倒、忘了機車停在哪裡的老闆，也有這樣想脫逃的念頭啊。有一天當他老了，不再騎重型機車了，他會懷疑起這一生想為自己做的事嗎？那時，他會關掉電腦，重拾許久不用的製鞋工具，給自己刻一個小木偶嗎？

尋歡作樂

派對結束的時間大約是清晨四點半。出了房間，進入大樓走廊的我們，立即從前一秒的情緒抽離出來，節制而安靜地走進電梯。實際上，我們的內裡，還處在一種暈眩之中：那是音樂與酒精在身體中的作用，一整晚過激大笑後的臉部肌肉與眼神，還有由吵鬧與缺乏睡眠啟動的耳鳴。帶著這樣的暈眩，進入凌晨四點半，用日光燈管照明的、死寂的大樓公共空間。一樓的安全警衛無所謂地看著我們走出電梯，行經他眼前，對他而言這個晚上已接近尾聲，在一切如常無所變化當中，又一個日子剛被度過。我們的夜晚和他的既相像、又不同。

但不管五分鐘前我們才怎樣地大笑過，進入公共空間時，必須尊重這個時刻主流的沉寂。

在大樓的門口，伸手招出租車。司機的眼神，也是在沉默中排班等候了許久之後的那種空白。車輛滑入車道，天空已經從遠處的樓房上方開始變色。星期五晚上結束了——在上海這個城市的各個角落，週末晚上分別是在不同時間，參差不齊地喊停。我知道我將只睡三四個小時——我是那種即使五點才入睡，生理時鐘照樣讓我在八點之前醒過來的人，然後接下來的一整天，都會在敞亮的天光中感到刺眼。因為這樣的緣故，我很少參加鬧一整夜的派對，這次只是為了送行一個朋友。

對許多人而言，週末晚上不該在家，應當去玩，是城市潛藏的強大邏輯。不斷更新主題的餐廳、夜店，雜誌上的報導，都給你一種印象，週末就該是玩樂的——好像玩樂才是人際關係成功的證據，消費時代的美德。

有時我會在週末晚上接到這種電話：對方說完了正事，還補問一句：「妳在家嗎？什麼？在看書？今天週末耶。」我知道自己正被他打入生活無趣、人緣差的典型，應該要向全民謝罪。

到底為什麼呀？為什麼週末晚上的尋歡作樂會變成這麼重要的事呀？

讓我說說最近的另一個星期五晚上吧。我和幾個朋友相約吃飯，但是下班時間從晚上六點開始，一延再延，每個人手邊都孳生著新的事務，走不開。終於晚飯變成消夜，我們在飢餓中直奔淮海路一家茶餐廳，迅速點了海南雞飯，椰汁飯，炒粿條，沙嗲。最後每種食物都剩下一點，但誰也吃不下了。卡卡招手向服務員要了一只外帶便當盒，把剩下的海南雞，牛肉，蝦，飯和河粉拼裝在一起。她是那種不喜歡把食物剩下的人，打包手法俐落又兼顧裝盤的美觀。不知道的人看了會以為茶餐廳推出綜合口味的快餐盒飯。她把便當裝進塑膠袋，然後把服務員提供的免洗湯匙筷子留在桌上。「反正是帶回家吃的，別浪費餐具。」她很環保。

要想在週五晚上的淮海路招到一輛計程車，幾乎是不可能的。路邊無數的手臂伸向車道，供遠低於求。我們決定沿著茂名南路散一會步，離開這招計程車的一級戰區。一個孩子忽然跑過來叫：「阿姨。」拉住卡卡手裡的塑膠袋。

「什麼事？」卡卡說：「啊，你要嗎？」

孩子點頭。

「給你。」卡卡把整個袋子給了他。那坐在商店櫥窗前的母親發出虛弱的提醒：「說謝謝。」她的手肘撐在膝蓋上支著頭顱，年輕而疲憊。

走了幾步路，卡卡說：「哎，我沒拿筷子，他要怎麼吃啊？」

我們都沒說話，都為剛剛把免洗筷子留在餐廳桌上、那一瞬間的環保意識，後悔莫及。

另一個晚上，我遇見一個叫傑的人說：「也許上海並不是那麼大。」

「為什麼這樣說？」我問。

「我在倫敦住了很多年，還經常會發現哪裡我沒有去過。但是到上海才一年半，已經不覺得有新鮮的地方了。」

那時我心裡湧起這樣的疑問：「為什麼你會需要那麼多新鮮沒有去過的地方？」但終於我還是沒把問題說出口。那時是又一個週末夜晚結束的時刻。坐進出租車，遠離了喧鬧的餐廳或酒館，車子行進的軌跡刺入黑夜。我感受到他說這話時的虛弱感——又是一個相似的夜晚，又是用吃喝度過。

我有點想對他說，會不會其實跟在哪兒、在哪個城市無關。這突如其來的狹窄感覺，是因為週末晚上被給予的命題本來就是狹窄的。這樣的夜晚，你走過最熱鬧的城區，會遇見在路邊乞討的小孩，但那不是你要看的，你甚至想忘記他，忘記你剛給出去的那個飯盒少了一雙免洗筷子。你想要找的是沒去過的、好玩的地方。

週末這樣的時間，分割了空間。你走上一條街，從意識裡割開你無法處理、不願意看到的空間。於是剩下的部分，越來越小。

不是為了苛責享樂的人們，但他們知道嗎，享樂其實是件狹窄的事。對於這件狹窄的事，也許一整個世界，都不夠大。

清十郎的抉擇

這樣的星期日下午，使我有一種，「再也不會有什麼事情發生了」的感覺。最近一個月，陸續有朋友來訪，又陸續地離開。早上，最後一位訪客前往機場之後，我的小公寓忽然陷入寂靜，又恢復到久違了的、靜靜的生活。下過雨，空氣是潮濕的，上海似乎也比晴朗的日子少了些浮躁，落地窗簾在涼風裡微微掀動著。忽忽感到，一個星期日下午，也有屬於它的，無所事事的命運。

從現在到睡前，不會有什麼事了。最多是有人在ＭＳＮ上喊你，或者你打開電視，讓影像與聲音淹到生活裡來，就彷彿有些熱鬧，有點事在發生。但那不過是些偽造的發生。只在你承受不住寂靜的時候應喚而來，又隨時可以用一個遙控器或滑鼠鼠標驅趕而去。這樣的事件算不上事件，是事件的替代品。

或許大家都默默遵守著星期日下午應當無所事事的準則，所以政治人物要開爆料記者會也都避開這個時段，真正重要的事自然會等到星期一早晨去發生。那時你醒來，為自己沖一杯咖啡，烤好吐司，準備出門時，你和這個城市的節奏又卡榫在一起了。而星期日下午便彷彿只是過渡到星期一早晨前，一段時間的雞肋。

我對這樣的星期日下午，有一種奇妙的感情。我對它既熟悉，又害怕。朋友是好的，人群是好的。但我性格裡有種根深柢固的孤僻，需要保留時間給自己一個人獨處。星期一到星期五是社會化的時間，星期六經常有朋友相約吃飯。於是完整的獨處便發生在星期日下午到晚上，那時你和社會人群的關聯最為鬆脫，你感覺一種活躍的鋒利與清醒。但有時，醒來的反倒是內在的不安。

因此是一把兩面刃。像是擲骰子，在骰子停止旋轉之前，你沒辦法確定今天會陷入哪一種狀態，打開哪一扇門。

我的簡單歸納是：抱定執念而等待往往最糟。期待著這段獨處時間可以作為對星期一到星期五的清洗，一個人在房間裡獲得某種洞見或靈視般的清醒，那麼往往召喚來的反倒是不安。什麼都不期待地去閱讀，思考，書寫，反而好。但是因為在一個禮拜當中，好不容易有這樣完全靜處的時間，要什麼都不期待反而難。

星期五剛收到的包裹裡，有井上雄彥的漫畫《浪人劍客》，第二十三集。前兩集，吉岡清十郎死於和宮本武藏的決鬥。現在，他的弟弟傳七郎也等待著與武藏的比武之約。

在吉岡家的第二名劍客，展開與武藏的比試之前，吉岡道場出現了這樣的聲音：這場比武應該發生嗎？還是必須被阻止？

如果傳七郎決鬥而死，吉岡道場也就完了。如果他活下去，雖然無法替兄長清十郎報仇，吉岡道場畢竟得以延續。那麼，作為一個道場的當家，傳七郎是應該走上決鬥之路，還是應該放棄比武的念頭呢？

我覺得作者丟給我們（以及丟給傳七郎）的，是個有趣的難題。首先他點出了另一條路——比武並不是人生的全部。雖然這是一部劍客漫畫，但作者挑明了在比武之外還有別的活法。宮本武藏選擇了不斷比武、在決鬥中證明自己，佐佐木小次郎也是。但這絕不是唯一的路。吉岡傳七郎，應該選擇這條路嗎？

或者，我們可以跳回兩集以前，替當時還沒死去的吉岡清十郎問問這個問題。他應該選擇這條路嗎？

吉岡清十郎的情況，可能比較複雜些。他是天才型的劍客。他第一次登場時，以極快的劍法在武藏額頭上留下了一道血痕。那時武藏連他的劍都沒看到。兩人之間誰高誰低，局勢很清楚。但清十郎和武藏不同，他畢竟是京都名門的繼承人。當武藏流浪四方磨鍊劍術，多次與死亡擦身而過，這段期間清十郎一直待在京都。武藏成長了，清十郎卻沒有。於是這第二次的見面，武藏已經可以躲過清十郎的劍了。

而清十郎沒有閃過——沒閃過武藏的劍，也沒閃過自己的命運。

那命運便是：他是個留守者。他一直在原地。

清十郎是得天獨厚的天才兼道場繼承人。但這也使他成了尷尬的角色。他有成為劍術好手的天賦，但沒有像武藏那樣遊歷各國磨練的機會。要說繼承道場，他也不是弟弟傳七郎那樣適合守成的人。也許比較接近他的是胤舜——前幾集出現的寶藏院的二代掌門；兩人是武術名門的繼承者，同樣被譽為天才。只是胤舜因為師父胤榮指導武藏來挑戰他，而在對陣中突破了自我的限制。

而清十郎始終沒有走到那一步——他缺少一個上師，缺少一個將他逼臨死亡的人，錯過了從死亡中新生的經驗。

也許骨子裡，他是個在星期日下午會心懷期待的那種人：為靈光閃現的瞬間而存在，厭倦於日常的鍛鍊。在第二十三集，吉岡家的大弟子植田良平說，吉岡清十郎的父親留給他一句遺言：「只能和有十戰十勝把握的對手交手。」對於遊歷各國磨鍊劍術的浪人們而言，追尋比自己更強大的敵手，進行沒有十分把握的挑戰，是家常便飯，是成長的捷徑。但對於維繫一個道場的掌門而言，卻不是這樣，反而要規避沒把握、無意義的對決才是。或許清十郎的困境在於，他兩者都不是。如果清十郎能選擇，他該走哪條路呢？

這是這個星期日下午我所想到的事。在窗邊看著河流的水光，聽見背後社區傳來小孩嬉笑大人交談，那種日常生活的聲音，使我想到這個漫畫中的角色，一個修煉不完整的天才。他如今已經從這部漫畫退場了。但我真想把他從漫畫格子裡搖醒問一問，如果再給他一次機會，他會怎樣選擇？

納博科夫的蝴蝶

我最喜歡的二十世紀作家之其一，是納博科夫（Vladimir Nabokov）。十九世紀的最後一年他出生於聖彼得堡，一九七七年他死於瑞士。

如果只看起點和終點，人的一生也就是這麼簡單的一行字。稍微進入細節，便看到從起點到終點之間，多一些的曲折路徑，一些流離失所一些身不由己。納博科夫出身貴族之家，一九一九年俄國共產革命，舉家流亡歐陸，他那原為國會議員的父親後來在柏林一場政治集會中被槍殺，他的母親把藏在爽身粉紙盒中帶出來的祖傳首飾逐個變賣，作為流亡生活之資。離開俄國那年納博科夫是二十歲，他到劍橋完成大學教育，之後在柏林與巴黎生活了十八年。二次大戰爆發前，許多流亡的俄國知識分子聚居在這兩大城市，在緊張氣氛逐漸升高的環境裡過著難以逆料明天的生活。納博可夫靠翻譯，教英語、教網球，編語言教材，幫報紙發明字謎維生，偶爾也用筆名寫作。二戰爆發後，他帶著妻兒，再次流亡到美國，在大學教書，改用英文寫作，包括他最著名的作品《洛麗塔》（*Lolita*）。

一九七七，他死去的那一年，柏林圍牆還沒有倒下。他還沒有回到故鄉的希望。《洛麗塔》是他的作品中相對好懂的一部。另一些作品如《幽冥之火》（*Pale Fire*）則更晦澀，難懂，字裡行間藏匿著隱喻與典故。

在納博科夫的回憶錄裡，有這樣的童年瑣事。少年時期的納博科夫有一個特殊的愛好：喜歡研究蝴蝶和蛾。有一回家教O小姐走進他房間，龐大的身軀不偏不倚地坐在他的標本盒上，壓壞了他自己抓到的珍貴的變種蝴蝶，包括一隻左雄右雌的雌雄同體蝶，還有他特別從昆蟲標本公司訂購的、來自西西里島和法國西南比亞里茨地區的蝴蝶。為表歉意，O小姐第二天專程去了一趟聖彼得堡，晚上回來的時候送給他一隻用石膏板固定的普通燕蛾。

但是對納博科夫而言，他的損失是無法彌補的。他特別強調那隻雌雄同體蝶。那個標本之所以珍貴，是因為同一隻蝴蝶的左右兩邊翅膀分屬不同性別的特徵。但是在家教老師漫不經心的一坐之下，蝴蝶解體了，兩邊翅膀和身體分開了，再也沒有人能證明那兩片翅膀曾經屬於一個身體。大自然展示給納博科夫一個小小的意外，而他也認出了其中的變異，珍奇，但這隻蝴蝶存在過的痕跡被破壞了，無法舉證了。

家教老師對這一切一無所知。她可能是真不知道在被她坐壞的標本，和她買回來的燕蛾之間，有什麼差別。多年後納博科夫還記得把這件事寫進回憶錄，可見他當年有多麼不甘心。而家教老師企圖用一隻普通燕蛾來代替他的珍藏，對他而言恐怕比壓壞標本還要可恨。寫到這家教老師時，他的語氣總是刻薄的。

另一個有關蝶和蛾的童年故事，也有類似的主旋律：他在一次出國度假前，將一個罕見品種的蛾蛹交給醫生保管，旅途中他收到醫生的信，說蛹順利孵化了，但當他度假回來，卻只看到幾隻最普通的蛾。原來那個珍貴的蛹，很可能是被老鼠咬壞了，或是為了什麼原因弄丟了。醫生隨便抓了幾隻蛾來充數，以為都是一樣的。

實話說，如果當年的小納博科夫就在我們眼前，我們八成會覺得，真是個難相處的小孩啊。他著迷於翅膀上的紋樣，欺敵或隱身的擬態，每一品種每一個體的差異。對一個不感興趣的人而言，那不過就是蝴蝶啊。為什麼一隻被壓扁的標本值得他哀號，另一隻被買來賠給他的燕蛾卻不值一顧呢？

納博科夫的回憶錄，當寫到弟弟之死於集中營，父親之死於槍殺，都以寥寥數語簡單帶過。但對於童年回憶中的氣味、光線，從泡澡用的英國香皂的質感，桃花木浴缸上方蒸氣散發的微光，在海濱度假勝地遇見過的小女孩，在潮濕的森林裡看見的兩隻藍目天蛾，到某一天的日落景象，這些印象與記憶，則不厭精細，以極溫柔的筆調描寫。

他曾經將必須拋棄俄文，而用英文寫作，稱為他「個人的、與他人無關的悲劇」。或許只有他自己知道，在他所寫的每一行英文中，用不上的是他母語的哪些動詞或名詞，哪些微妙的字義和音節，就像是一隻他眼中的珍奇蝴蝶被燕蛾所取代。就像《洛麗塔》裡的亨伯特知道，為什麼他只能愛洛麗塔，只能愛那個年齡的少女——那是一種「與他人無關」的，悲劇的命運格式。

我在想，納博科夫後來那些晦澀的書寫，玩弄謎題與典故的文字，是不是像一隻蝴蝶，竭盡所能的華麗擬態。那彷彿是對命運位置的一種回答，在位置的四周佈起迷宮，旁人看起來沒有差別，唯有他知道。以這高傲的姿態，護衛著曾經存在的、如今已經消逝的種種。他少年時受的教養，英法俄三語的文化養成，優渥物質環境裡訓練出來的感官，加上二十世紀的人生經歷，流離故鄉與失去親人……這些，即使他不直接去描寫，也始終是隱匿在他書寫背後的「個人的悲劇」。整個二十世紀，整個他的個人史，像是澤濕的俄國黑森林，餵養出納博科夫這隻蝴蝶蝶翼上的斑爛擬態。

「存在不過是一條光縫，稍縱即逝，前後俱是永恆的黑暗。」這是納博科夫自己寫下的句子。「……然而，我不甘心如此。我急欲大力反抗，圍堵自然。我使出全力，在我生命兩頭冷冷的漆黑中尋找那一丁點屬於我自己的光和熱。我認定那黑暗不過是時間之牆造成的；牆的這邊是我和我那瘀青的拳頭，另一邊是永恆的自由的世界。」

你瞧，其實他是知道的。再華美的擬態，時間到了仍是要抹去。但他如此描寫那些失去的聲音與光影，彷彿賣火柴的小女孩，凝視著一根火柴的光亮中，顯現的種種幻象。

宇宙，靜靜注視著我們劃亮了一根又一根的火柴。

當記憶說話的時候

從科學的角度，時間是條單向的射線。我們可以用計時器將時間劃分為分鐘、秒鐘，甚至更小的單位。每個小單位時間一樣長、一樣平等，一樣可以在算式中操作。

但當記憶對納博科夫說話的時候，自過去的暗影中開始湧現：一種香皂的氣味，一回神祕的落日，一隻從潮濕的野生菇蕈跌落的尺蠖，一個瀰漫著茉莉花香、蟋蟀狂叫的小車站……時間偏離了牛頓古典力學的宇宙。細節折射、繞生出更多細節。從那早已逝去的一分鐘，無止境地衍生了更多的時間。

於是，死去的人活了過來，消失的世界重新打開，暮色中莊園的窗戶一扇接一扇亮了燈，等待著今晚賓客的到臨——那場使得訪客無法赴宴的戰爭，從未發生過。

俄國貴族出身的納博科夫，要是生在另一個時代，應該會繼承龐大的家產，住在祖傳的莊園裡度過一生吧。就算他還是寫作了，寫出的作品也不會是《洛麗塔》。要不是俄國共產革命使得他舉家流亡，就不會有我們今天讀到的那些納博科夫作品了。當個人的際遇被一隻看不見的巨掌捺入集體歷史的肌理，人便像呼吸潮濕的空氣般呼吸一場戰爭、一次革命，以及它在生活中留下的氣味。

這樣說來，好像人是被動地受著歷史事件的擺弄？但又不盡然。在寫作回憶錄《說吧！記憶》時，我覺得是世界的大歷史為納博科夫肅靜了。

他以高度的細膩與詩意，呈現一個被劇烈世變剷平的昨日世界。乍看之下，書中所陳述的一切，是時間從納博科夫身邊奪去的。但人並非只是時間的受害者。納博科夫不只一次聲明「我不相信時間」。而他也確實不受時間的線性結構所囿，一任畫面、氣味、聲音湧現。或許這正是他的方法，用以對抗單向、科學律的，一去不返的時間。大量細節豐富的不只是過去，作為讀者，我們也交出一部分的未來由他塑造。這是納博科夫的時間魔法。

倘若《洛麗塔》是一齣時間的悲劇（在那個故事裡，戀童癖的主角亨伯特痛苦地追索著他的小戀人洛麗塔，而她正無可挽回地長大、平庸地蒼老了），則《說吧！記憶》是納博科夫對時間的回答。

「記憶若運用得巧妙，就可把在過去浮懸、飄蕩的聲音聚合起來，促成內在的和諧。我喜歡透過想像，使不和諧的和絃得到解決、變得完美。」

面對時間強大的壓縮作用（即使是一個世紀的歷史，時間也能使它迅速扁平化，成為一個晚上閒聊的談資），記憶亦有其放大、縮小、組合、整理的作用，使壓扁了的時間膨脹起來，充盈與活絡。

我想試著用以下這個例子，猜測記憶如何對納博科夫說話。

納博科夫曾寫到他父親小時候製作的一個蝴蝶標本，「其中有個感人的細節」：蝴蝶標本的一隻翅膀彈起來了，那是因為當初製標本的時候，有人過早把蝴蝶從固定翅膀用的板子上取下所導致。

稍稍粗心的讀者，很容易略過這件小事不察：為什麼這是個「感人的細節」？

當納博科夫看見這個單隻翅膀彈出的蝴蝶標本，他同時看見的是，曾有一雙好奇的手忍耐不住，在翅膀還沒固定之前就將它取下——而那個迫不及待取下蝴蝶的人，或許就是當時年幼的、納博科夫的父親？這個帝俄末期為自由主義喉舌，最後死於他鄉柏林的貴族知識分子，在生命更大的風浪尚未捲來之前，曾是個好奇的、熱愛蝴蝶的少年。一個蝴蝶標本的小瑕疵，像家庭相簿一樣，在納博科夫眼前呈現了他父親幼年時的一個剪影。他在標本身上，看見了時間中發生過的事：當時他稚幼的父親，難以抵擋內心的興奮騷動，正把手往標本伸去。

細節之所以感人，是因為其中往往收藏著、揭示著，關於這世界過去與未來的身世——時間被壓縮，封存在蝴蝶標本中，是記憶與書寫將它釋放。

但細節的意義，並不是對所有人都平等開放的。要不是納博科夫的暗示，誰會知道這個標本背後的故事？

或許，納博科夫的天賦與悲劇性都源自於此。他所看見的細節，帶著過往存在的痕跡；痕跡的意義，則來自他失去的世界。對於生命經驗不同的人而言，那些細節太容易被忽視不顧了。就像莊園領主難以理解僕役的觀點，成長於二十一世紀的人難以體會兩百年前文化遺產之幽微。就像納博科夫曾說用英文寫作乃是他「個人的、與他人無關的悲劇」。作為一個異鄉人，流亡者，他在世界這本大書裡，處處讀到壓縮的時間密碼，但能翻譯、註解出來的，只是其中一小部分。

《洛麗塔》的尾聲，有一場著魔的追獵。當洛麗塔跟男人出走了，亨伯特駕車追趕，唯一的線索來自沿途旅館的房客登記簿。他的敵手也知道後有追兵，遂變換編造的假名投宿，在名字中暗藏著字謎，戲弄、撩撥那絕望的捕獵者。

《說吧！記憶》裡也處處有納博科夫埋下的字謎，為我們的閱讀增加不少障礙。

但謎語及障礙，其實是一種訴說。那彷彿倨傲的聲調、知識的戲弄，其實是給素未謀面的讀者留下的線索。為了讓我們感受他所看見的世界、記憶對他說話的方式；也為保護那些記憶，不被時間壓扁，不在俗常的敘述裡平板化。

像是高手過招，電光火石的劍招一出，其實是種交談——各自表述著武功的來路，經歷的鍛鍊。

記憶，從失落的世界向納博科夫說話。他留了後門，開給我們一條小徑，去接近那些我們不曾親歷的事物，沿途拒馬般的字謎，其實是他留給我們既疏離又盛情的邀請。

風中沙堡

有兩個女人，她們的命運像是充滿示現意味的對生。彷彿沿著歷史的脊稜線縱走，一人在向陽的光處，另一人在向陰的暗處。但某一日，歷史忽然翻了個身，光亮的便進入了暗影，黑暗的進入了光明。

這兩個女人，一個是雷妮·瑞芬舒丹（Leni Riefenstahl），一個是漢娜·鄂蘭（Hannah Arendt）。兩人皆生於二十世紀初，年齡只差四歲。都是美麗的女性，都曾與一個和納粹有關的男人傳出過緋聞。但她們一個是德國人，一個是出生於德國的猶太人。這使得她們在不同時刻，分處歷史脊稜線的兩側。

瑞芬舒丹生於一九〇二年，柏林。原本是個舞者，後來成了演員，導演。一九三四年她接受希特勒的邀約，為國家社會黨的紐倫堡閱兵拍攝紀錄片。這部《意志的勝利》，以及兩年後她受國際奧委會委託的柏林奧運紀錄片《奧林匹亞》，均被視為電影美學的經典，影史上的重大成就。

大戰一結束瑞芬舒丹就遭到逮捕，入獄。她為希特勒拍的紀錄片使她成了納粹同路人。她的電影被好萊塢拒絕，終其一生處處受到抵制。且因為是美麗的女性，所以人們也從未停止猜測她是不是希特勒的情人，雖說她始終否認。戰爭過去半個世紀，她的攝影展仍然被抗議被包圍，使她說出「不要因為我為希特勒工作了七個月，而否定我的一生」這樣的話。

對於漢娜·鄂蘭，這趟旅程恰恰是反向的。她出生在一九〇六年。作為一個猶太人，她的青年時代正成長在反猶太氛圍的步步進逼中。十八歲她愛上了師長海德格，兩人的書信往返透露了不尋常的感情。對年輕的漢娜·鄂蘭而言，那似乎是一段痛苦的愛。海德格已婚。並且，若說當時的德國正被割裂為兩端，一邊是跟隨納粹領導的「正確」的人群，一邊是受迫害的、反抗的，猶太人與共產黨員等等，則漢娜・鄂蘭與她當時仰慕的海德格並不在同一邊上。海德格也許就像瑞芬舒丹，即使不是直接地支持納粹的意識形態，也是對它底下的犧牲者視而不見的。當弗萊堡大學的校長因拒絕接受政府禁止猶太人受教育的命令而被免職，海德格正是接替成為新任校長的那個人。

戰前，漢娜・鄂蘭參加營救反政府人士的活動，遭到逮捕，監禁五個月而後逃脫。一九三三年她離開德國，逃往法國，再往美國。經歷驚濤駭浪的歷史她的哲學開展盛放。關於極權主義，關於惡的平庸，關於人的條件，戰爭結束，時間將她從被壓迫者於暗處的位置，轉向光亮的舞台一側，她是二十世紀無法忽視的思想與聲音。年輕時那聰慧但神經質的美麗，蛻變為晚年舒坦放鬆智慧的笑容。

一人被醜惡包圍之時，另一人正注視著美。一人站上發言台時，另一人背負罵名而緘默。在歷史的脊稜兩側，兩個女人的命運微妙地對稱著。以一場戰爭為樞紐，交換位置，又站到了對面。

造成命運相對位置的這道歷史的脊稜，本身是變動的。當猶太人遭遇迫害，被趕離家園、監禁殺害的大難之日，對漢娜．鄂蘭和她的同胞而言，正像是一個世界的傾覆吧。而當國家與強人兵敗如山倒，自己被暴露在勝利者的審判之前，這對瑞芬舒丹，又何嘗不是原來天地的解消？這劇烈的翻覆與組構，使我聯想到佛書上的描寫：初禪天以下的世界，被大火所焚，如奶油般地變形融化；二禪天以下的世界，被大水所淹，像食鹽般在水中消融；狂風捲滅三禪天，萬物化作虀粉細塵，就像馬奎斯《百年孤寂》中的馬康多。這許許多多短暫世界的形成、與壞毀，一個個小宇宙，像朝花般開放又收束。變化，無常，但是多樣——多麼地多樣！

命運被給予一個位址，但只是暫時的位址。那位址有時使我們目盲。在歷史的某個時刻，當瑞芬舒丹關注於閱兵與奧運，鏡頭前的美學時，她或許真是沒有看見、或者看見了而不曾理解，那些被壓迫流離的人。專注於一片葉子，便錯過了一整座森林。

但風中沙堡消散，重組。睜開眼時，原來站在城堡裡的，到了城堡之外。也許那才是個起點，開始認識自己作為人的處境……不是存在，是「出現」。（我可以借用鄂蘭的語彙嗎？）是在歷史的條件、人的條件下，無常的片刻中……出現。

漢娜．鄂蘭認為，只要改變與時間的關係，人可以獲得重生。重生的關鍵，不是遺忘，而是寬恕。在審判戰犯的高潮時刻，她仍然談論寬恕：不是去寬恕惡的行為，凶殺與暴行不能被寬恕。是寬恕人。那些在平庸陳腐的惡面前顯得蒼白無力之人，和我們一樣。她說人類生命是世界所造就的，每一個主體都同時是客體。她說：「多樣性，是地球的法則。」

我總覺得，這正是看過了世間變換的沙中風暴，曾目睹歷史正反面劇烈翻身之人，所說出的話。

至於瑞芬舒丹，我所知有限的、關於她後來人生的片段是這樣：她沉寂了一段時間，不再拍電影，也許人們認為這位曾為納粹拍片的導演已經完了，被世人的責難擊敗了，但她似乎用另一種方式繼續去看她所關注的美。六十歲時她旅行到非洲，在努巴族的部落中住了一段時間，拍攝一系列照片。七十一歲她學會潛水，進入熱帶海域彩色繽紛的世界。九十三歲那年蘇丹內戰爆發，她冒險前往，探視當年曾在她鏡頭前的努巴人，直升機墜毀，只傷到老太太的肋骨，她活了下來。這驚人頑強的生命力，彷彿注定要睜大眼睛見證動盪二十世紀的完結。她死時是二十一世紀的二〇〇三年，活了一百零一歲。

「多樣性，是地球的法則。」漢娜．鄂蘭說。這句話，當瑞芬舒丹帶著她的攝影機，潛入海底，在海流中與一朵舒展綻放的海葵對望時；當她在戰鼓聲中到了蘇丹，看見在黝黑的皮膚上塗擦白色粉末，祭悼亡靈的努巴人時，感受到了嗎？

冬城

最近經常想起愛丁堡。

可能是冬天到了的緣故，我就想起那個寒冷的城市。但想起愛丁堡時，記憶幾乎都局限在從宿舍到圖書館的一段路。其他的地方，有時連路名都想不起來了。我在那個城市住了三年多，但從離開的那天起，有關它的記憶就迅速風乾縮小，失去細節的厚度。

在愛丁堡的期間，最常走的一段路，是從宿舍到國家圖書館。有時也會為了特定的資料，改去大學總圖或神學院圖書館。我喜歡圖書館，尤其老圖書館厚重的木頭桌椅，沉靜的氣氛和古書味。但每天最盼望的還是我給自己訂下的休息時間——下午三四點時到對街的大象咖啡館喝咖啡，吃杏仁牛角麵包，看報紙。那家咖啡館有一面窗正對著峭壁上的愛丁堡古城。從溫暖嘈雜的咖啡館，遠望冷峻的城堡，好像一種提醒。城堡的歷史以千年計，峭壁以萬年計，眼下我以時日計算的時間，不過是零頭。

二十幾歲的時候，人和城市的關係是有目的性的，有了目的就偏頗。你去到一個地方，心裡清楚它不是終點，只是為了完成些什麼，然後又收拾行李往別處去。例如留學，每個留學生的心裡都有一張時間表，底限是完成學業回家的時間——而那往往和獎學金的年限有關。懷著這張時間表生活，每一天都不是獨立的日子，「現在」不只是現在，是朝向日後而存在，日子長長地投影在未來。

那是一種生活在他方。只是當時不覺得匆忙，往後回想，才看出其中的風塵僕僕。那時我們都還不知道，攜帶著單一的目標去生活是件挂一漏萬的事。二十來歲時銳意求知，要到稍晚才學會，那個尖銳的姿態，同時也是狹窄的。

這些年來常有人問我，為什麼當年沒把博士念完。這個問題不容易回答，我很可能依當時的心情給過幾種不同的答案，有些訪問或介紹會說我是為寫作而棄學術，這解讀其實和我的本意還是有距離的。真要說，我想是因為我意識到自己正過著一種狹窄、片面的生活，我認識的世界是不完全的，而當時的我不知道要如何在學術裡得到解答。我不是說學術研究一定是窄仄的，恐怕是我的方法錯了。

後來我才發現，當初那模模糊糊的、想要變得更完整更全面的渴望，像一道寫在體內的程式，是一直在運算著的。它使我走上了現在的道路，還將繼續質問著自己。無論我在哪裡，做著什麼事，當獨自一人的時候，我總是必須回答這個問題。

來到上海時，我想，三十幾歲時來到一座城市，該是和二十幾歲不同的。我問了身邊的朋友，她們也有類似的感覺。在這兒是工作，不是讀書，物質條件比當學生時候來得寬裕，也不再有什麼時候該念完書、寫完論文的時限，整體而言，比二十幾歲時更有條件從容地生活與認識一座城市。並且，離開學校後的社會經歷，也已經使你認識到，生活並不總按規畫發生，所以也不再那麼地眼望未來、朝向他方而活。

弔詭的是，在這樣的情況下我所來到的上海，卻是個眼望未來的城市。計程車上的小螢幕播放著二〇一〇上海世博會的短片，滿街的廣告牌和標語都像為一個美好的明天而效力，工地圍籬裡進行著新地鐵新大樓的工程……

冬天來的時候，梧桐樹的葉子開始掉落，城市的色調變得灰暗，我才開始初嘗這城市冬天的厲害。北京的朋友都警告我，上海因為濕雨，感覺會比實際溫度冷。我的書房朝北，有時夜裡讀書，房東配備的冷暖氣機不大夠用，遂給自己添買了個燃油小暖爐。開了幾次，暖爐又把空氣烤得太乾，反而難受，倒是用來烘怎麼晾都晾不乾的衣服正好。

從有上海這個城市，冬天已經發生過無數次。但對一個初來乍到者，還是從頭適應。我想繁華也是的。一個城市對未來的張望也是的。或者說生命裡所有的命題都是的。總歸是面對面地去處理，無始以來無數次的死生得失當中，落到你命中的那一次。

一個月前，我到音響店買接 iPod 的喇叭。用我 iPod 裡最常聽的歌試遍店裡的喇叭，最後選定一對。

胖胖的店員始終微笑在一旁。待我選定付錢時，他說：「女孩子買這種喇叭，我還是第一次見。」

我放來測試喇叭、那些我最常重複選聽的歌曲，基本上都停留在愛丁堡的時期。當年，Oasis正紅火，The Verve發了最後一張專輯《The Human Hymns》後解散，Radiohead剛出《OK Computer》，不久Travis的《The Man Who》問世。這些年來，我也買新的ＣＤ，也聽其他音樂，但最後總會回到這幾個團、這幾張專輯。

大概他們算是我某種意義的同時代人吧。當年我正要離開愛丁堡，他們正站上舞台的中央，此後各自江湖闖蕩。但凡聽到有關他們的新聞（不管是正面還是負面的）、他們後出的專輯，總覺得很親切似的——你會聽出他們也經歷了二十幾歲到三十幾歲的過程，遂有一種遙遠的參照作用。最近Radiohead的主唱Thom York出了個人專輯——我想我肯定還是會買的。

這是從一個冬城，對另一個冬城的聯想。

暱稱的流浪

在我MSN上的聯絡人是越來越多了。尤其當跨越國界與時區旅行時，手機的國際漫遊可能不通，或是因為昂貴經常關著，免得無謂地接到廣告促銷電話，email因為換了幾次大家都已經搞不清楚了，這時MSN就變成最容易快速找到我的方式。

有些是持續有聯絡的朋友。有些只是某一陣子因為工作、或是別的原因，短期地聯絡。事情過了，那層關係也就消失，但還一直掛在彼此的聯絡人列表上，每當登入時，就看見對方的暱稱，彷彿一枚來自過去的紀念章。

不知道從什麼時候開始，暱稱漸漸變得不只是暱稱。許多人會在名字之後跟著一小段文字，說一件正在發生的事，或是表態立場。台北圍城那陣子，許多人的暱稱中貼上了拇指向下的杯葛手勢，表示倒扁。於是暱稱成了標誌，在網路的世界裡它代替了遊行者的小旗幟。就好像你在暱稱裡說「小貓生日快樂」，聯絡人裡所有認識小貓的人也都一起貼上「小貓生日快樂」。祝福與杯葛都是明朗有效，不費一文錢的。

暱稱也是種小型的廣播。因為只有被你加入為聯絡人的人會看見它，因此你的訊號是對著這個半封閉、半公開的圈子放送。有點像是給自己下標題，有了名字當主標，還要一行副標說明。標題下得引起共鳴了，那天在ＭＳＮ上喊你的人便特別多，久未聊天的朋友，紛紛像聽見失物招領廣播般地前來敲門。

大概這就是為什麼大家喜歡在暱稱中帶上一句話的緣故。因為有時聊天不是有意為之的；不是雙方有一個共同的談話議程，然後目的步驟清晰地開始進行下去。而是有人忽然看見你的暱稱，便想起件什麼事來跟你說。我的一個嗜吃美食朋友小優常在暱稱裡說剛吃了什麼完美的起司蛋糕，而我就是那種一看到這個暱稱就會自動報到、問問到底有多完美的人。當MSN上的聯絡人名單越來越長，暱稱遂有一種自動篩選的作用，它吸引到跟有你共同關注的人。起司蛋糕這個話題的篩子，就把我篩進了小優的聊天網裡。

或者它也可能是一種機鋒的展示，一種給自己的定調。但作為一種溝通的方法，它也同時在分割或阻斷。我就見過一個朋友在暱稱裡狠狠調侃她上司的三不名言：「我不知道，不要問我，我不管。」據我所知那主管分明和她坐在同一個辦公室裡，僅隔一個走道的位置。只是兩人互相不在對方的MSN通訊名單裡，所以視線便安全地錯開了。

在變幻的風景裡我們總能找到安放自己的位置，無論是多麼迫近的逼臨。然後從那個位置開始流浪。

在上海，有時會在行經的城區，看見外牆被寫上大大的「拆」字。星期六我和朋友約好去永嘉路上一家我們常去的火鍋店，在計程車上一路聊著，不知不覺就坐過了頭。「好像沒看到招牌燈光？」懷疑著下了車，往回走了幾步，才發現整幢房子都拆掉了。餐廳原本的所在位置，在周遭燈火中刻出黑暗暗一個空洞。

「兩個禮拜前才來呢，也沒聽說要拆。」貝小斯這樣叨念著。究竟是要重建，還是換了地方，都不清楚，只剩下單薄的鐵皮圍籬劃界圈地。

習慣性地以為，餐廳商店若是要拆遷，大半會在搬走前幾週開始告知舊雨新知，在櫃檯放著新址的名片和地圖，拆了之後也會在鐵皮圍籬上貼個告示，給我們這樣專程而來的客人指引一條明路。不意在上海竟是一點蛛絲馬跡都沒有地，忽忽就音信全無。我們站在人行道上看著那鐵皮圍籬，有種被拋棄的感覺。而且是被一家火鍋店拋棄。

第二天我到陝西南路找一家鞋店，發現它同樣也變成了一塊工地，而且還是新鮮剛出爐的，大型器械還在圍籬裡肆意破壞，塵土漫到了車道上來。住在北京的朋友曾託我到那家店找一雙鞋，我拖了幾個禮拜沒去，竟然就拆了。莫非這真是個及時行樂的都市，今天的眷戀不保證到了明天還有地方可著床。

城市直接快速地在你眼前變化著。正如你登入MSN時便一眼看見許多人的心情起落：昨天的憤怒拆遷了，今天的甜蜜正在興建。一次偶發事件覆蓋了前一天的暱稱，明天、大後天，蔓延生出一條故事的敘述線。

衡山路

夜晚的衡山路有一種冷意。一種青白色的微光從法國梧桐表皮流出，這樣的顏色即使在夏季仍會讓我覺得冷。卻不是荒涼的冷。走出燈火亮堂的酒館與餐廳，光線一變為清冷的基調，足以讓頭腦靜下來，快速地與剛才屋內的喧鬧劃清界線。於迷離恍惚感中坐上計程車，時間已經將你席裹而去。

週五的晚上我們去了T.G.I. Fridays。美式餐廳適合四個人以上點餐共享，因為每盤單點餐的分量都遠超過一人份的食量。我們當中有一個人正在為即將來臨的婚禮節食，另一個人在大學修過營養學。於是我們的菜單討論基本上交給這兩位處理。「我要薯條！」這是我唯一開出的任性條件。在這樣的基礎上，總共點了附薯條的肋排，雞肉沙拉，烤雞翅，蘑菇。

蘑菇是裹著麵衣炸的。我的朋友們幾乎都俐落地用刀叉將麵衣剝去。我知道麵衣吸了炸油，最容易致胖，可是對我而言，這種美式餐廳的炸蘑菇，最好吃的就是那麵衣部分呢。蘑菇本身是沒什麼味道的，好在新鮮多汁，麵衣則有調味。所以在一口當中同時咬下香酥麵衣和蘑菇，我覺得是最好的搭配了。所以雖然知道其中隱藏著油脂與卡路里，還是抱著「反正不是天天吃」的心理，毫不慚愧地吃了。

麗莎發現我把蘑菇裡裡外外整顆吃下，還貪吃掉在盤子上的碎麵粉脆皮，笑而不語地指給我看她留在盤子裡，堆成像小丘狀的、剝下來的麵衣。

其實我一直不覺得自己是特別女生的人。不過我滿喜歡女孩子之間這種不用開口的小示意。我的盤子吃得乾乾淨淨，她的盤子堆著麵衣。那畫面很瑣碎，但是也挺可愛的。是不是有點高中女生趣味呢？如果真是高中女生，應該會嘰嘰咕咕小題大做地討論上一陣吧。但我們之間什麼都沒說、只用叉子一指的示意，這種不必開口的理解讓我很開心。

我覺得我在這幾個女生朋友之中呢，佔了種便宜。她們在上海的時間比我久，在所屬業界的社會經歷比我豐富，常常用一種姐姐照顧人的口氣對我說話。話題不外是工作上的、感情上的一些事。有時我會有一種感覺，覺得每個人在時間中所經驗的一切，並不只屬於他私人，而是公共的。在像這樣的夜晚，肋排與蘑菇上桌之後，每個人身上發生過的事不再是孤立的案例。一個人說起自己跟男朋友溝通的問題：「也是因為我以前太愛辯論咄咄逼人啦，現在他非常迴避衝突，一感覺到有可能變成爭論，就關閉溝通管道，避到陽台上去抽菸。」另一個說：「我以前的男朋友說，跟我在一起絕對不會老年癡呆，因為要不斷地動腦筋。」這樣的表態很快連鎖效應地引出更多的經驗。像是星星之間用虛線連成星座。在這樣的對話中你會聽到其他人也面對過哪些問題。人始終是有種共性的。微妙地相似著，又關鍵地差異著。

這相似與差異都是重要的。因為看到了相似，就不會再把自己的問題當作宇宙創生以來最重要的事——許多人都有共同的經驗啊，不需要構築一個密林中的城堡來自我防衛啊。也因為看到了差異，發現面對同樣的問題時，不見得人人有同樣的取徑，於是那條走出密林的路，即使有其他人提供的參考地圖，最終還是必須自己去闖盪了。

但在這樣的過程裡，我們畢竟學會一些從容。過去彷彿與世界犄角相向、堅硬地抵抗著的什麼，你一直感覺自己與之格格不入的，那些人群，看不順眼的事，粗糙地摩擦著感官的事物。忽然就發現了，一直以來你都與它們共生而存在。

有個朋友對我說：「勝負只是瞬間的事。」

他的理想自我是厚積而薄發的，平日不動聲色，卻始終準備著拔劍的瞬間，且要在片刻中讓勝負昭然。雖然我明白他距離他理想的自我，始終有漫長的距離。

可是，我想說的是，生活的長度既然遠超過了「瞬間」，那麼一定也是超越了勝負吧。

我們不都往往是，在某件事之前，一路塗地地敗了下來，然後才發現，故事還沒有結束。原來所謂的勝負，不過是另一個更大敘述的序曲。

在那個更大的敘述中，勝負、吉凶、成敗，都只是一條引道，將你引至下一個經驗的入口。一個瞬間消失，另一個又出現。故事沒有結束，最終的勝負當然也未成定局。我們就這樣一路在時間的廊道中走下去。受著許多瞬間經驗的淘洗。才發現，打開的乃是，我們心裡的廊道。

後記

熟悉星相學的朋友說，冥王星象徵巨大而深沉的轉變。且這轉變的開端，潛藏於久遠以前。當其時，它仍是一道尚未賦形、無法推估的隱流，與無數的可能性並存。隨著時間過去，最初機率均等的其他可能，紛紛消逝，只留下唯一的一個。稱之為命運，或是神的意旨？它竟壓倒了其他的可能，將一路的阻力與助力都吸收，無可逆反地凝聚成形，自暗流而浮上地表，挾事件以俱下，泱泱滔滔，遂成唯一的定論。

關於這世間變幻不斷、未知難測的種種，我們屢屢試圖截住其中的一小段，尋找一種解釋。我們用敘述稀釋未知，中和它，使它變得彷彿能夠掌握。然後我們便指點著說：你看，從這裡開始變化了。

其實，一直都是變化著的，沒有一分鐘停止過。無論是否被看見，被理解。

這個集子裡收錄了二〇〇六年的文章。對我而言那是變化劇烈的一年。發生在生活裡的許多事，遷移，旅行，和某些人的別離與相遇，看起來像是偶然地發生了，但也彷彿是命定的。

這本書獻給所有經歷過生命中意想不到變動的人。或許，在宇宙創生的那一天，已經授記了將要發生的每一個變化，從最微末的端倪，到完整的重生。強大的（往往也是無情的）新生，潛伏在激劇的變化、在因變化而生的困惑、徬徨、自我懷疑，與誤解之中。今年上海下了幾場意外的雪。下雪的日子總是安靜，安靜到讓我們忘記，宇宙不斷進行中的裂變與更新。這麼一個寧靜的下午，這一刻所昭示的未來，比起任何時候，不多也不少。宇宙便是如此地，將其命運深藏於某個午後。

二〇〇八年二月二十日．上海

附錄

給自己——張惠菁談《給冥王星》

孫梓評

「這本書獻給所有經歷過生命中意想不到變動的人。」

曾出版於二〇〇八年的《給冥王星》，記錄了張惠菁（一九七一——）在二〇〇六年所歷：地表上的移動，生命狀態的移動。初版〈後記〉中有這麼一句獻詞，擊中二〇二一年重讀此書的我——原來，比霧更深的地方，乃變化愈加劇烈的時代：撲朔難平的全球疫情，網路發達的科技威權主義，多點觸控技術超越「平面」局限及其嶄新困境……霧沒有心，洋蔥剝開過程即是抵達。有些後來發生的事，重溯已完成的書寫時，像忽然回頭看見夜空中被除名的星，閃爍著神祕的連結。

一封「自我實現的預言」

於是，和張惠菁約在午後小酒館聊《給冥王星》，便成為一件別具興味的事。眼前的她，已不是當年離開故宮、初抵上海工作的她；也不是以稍帶獵奇眼光，為我們捕捉異地光影的她；更不是那個剃了顆光頭、虔誠修行，相信大智慧終將醍醐灌頂的她。與張惠菁談張惠菁，「你就變成有另外一個位置了，重新審視當年的自己，並了解當時的自己確實有其限制。」

那幾年她為《壹週刊》寫專欄，精選、結集為《告別》、《你不相信的事》、

《給冥王星》……尋常生活在其筆下，折映我們最貼身的心事，又總能給出不落俗的一悟。但她笑說，「為了寫兩千字，可能要花掉一天半，發呆啊，床上滾一滾，做一點別的事，幾乎是一個週末。」

這些偶然留下的時間切片，是寫作者有意捕捉當週奇妙的遭遇，仔細思慮事件後、不帶預期地提筆，「要寫到一個狀態，才忽然知道這一切對我而言意義是什麼。」她形容那種過程是「把自己交付」，竟忽有所得，「這也是我寫散文最喜歡的部分。」有時，她則帶領讀者走離現實，潛入蘇東坡的一段文字，體貼「追其所見」的心痛；或顧閎中所繪千年前夜宴，戳穿「所有皆過眼」的惘然。

重讀《給冥王星》，張惠菁說：「當年的自己相較現在涉世未深，但有一種努力突圍姿態，在那過程中，那個稍微有點天真的自己不知為何說出的某些話，是現在的自己也會有所共鳴的。」比如：「此生的這個『自我』，乃是一只舟筏。」寫作此書的她，當然無法預知二〇〇九年將有長達三年官司，「想起來會覺得非常喜劇，甚至有點鬧劇，既然你都已能認知，此生是一個舟筏，那麼後來應該就不會那麼辛苦——但還是會。」這「自我實現的預言」，像一封遲到瓶中信，讓她體驗了自身早已寫下的理解。

散文的意義到底是什麼？

寫作者的人生階段，無可避免牽引著寫作狀態。結束官司的無由羈留後，張惠菁又一次離開，到了北京，應《聯合文學》專欄之邀所寫的「月夜」系列後來收進《比霧更深的地方》輯一，那是二〇一三年。細心讀者或已發現，彼時結構散文的方式，與此前略有不同，「但那時都還存有一個對散文的想像。在那之後，我對散文的想像有點斷裂掉。」

心中同時升起疑問：散文的意義到底是什麼？

張惠菁說，「散文是相對貼近現實的，你把自己放在哪一種現實之上，就會影響你的寫作。」因此，包括《給冥王星》在內的幾本書，很大程度寫下生活飲食細節，與家庭或他人的關係等，在眾人都鵠候著她的新作卻只等到空白的那一段時間，「我有一點覺得，最值得寫的，真的是這些嗎？我就是用我做了什麼事，吃了什麼東西，跟誰發生互動，來界定我自己嗎？這些有形的經驗，難道就是我的邊界？」一連串問號，像石頭丟進湖裡，很快被吞進湖心。

「有形的經驗就一定是散文書寫的主題嗎？或者其實是散文的框架？」張惠菁重讀《給冥王星》時發現，雖然裡頭寫了諸多上海城與人，「但我現在的生活並不在那裡，書中提到的人際關係難免變動，那些經驗即使曾經為我所寫，也已經很遙遠。」反而，寄存在當年，因各種經驗而提煉的某些說法，還能夠穿越時空，觸動當下的自己。因此，過去一、兩年，彷彿練習一樣，她偶爾在臉書上留下一些關於「內面」的字。「都是比較抽象的某種思緒的狀態，也許因為我的日常沒有太多值得說的；也許，我對散文的理解已經跟過去不一樣。」

此刻人生關鍵詞：放置枕木

回憶《給冥王星》中的決定與遷徙時，張惠菁常使用「突圍」這個詞彙。我好奇，此刻人生還充滿突圍感嗎？若為現在的自己挑選一個關鍵詞，會是什麼？她思索片刻，「以前的我，『圍』的形狀更明顯，你可以看到這個人在突圍。現在的我，關鍵詞可能是放置枕木。」過往的寫作方式，較面對讀者，「現在則必須面對自己，面對虛空，在那虛空之處，就是需要一塊石頭，或者枕木。好讓我可以踏過去，站在枕木上再看到一些什麼。」

以最近一則所寫的「內面」為例，源頭是母親與她因小事意見相左，「我意識到她有一個敘事的track，對於她是一個怎樣的人、我們作為她的女兒，應該要怎樣。但是我不認同也不想進入那個track。並且我也不認為我要去打破她的track。因為我也希望她活得好好的。因此，當時的我，需要放置枕木。」摒棄過往交代來龍去脈的寫法，帶著一點對敘事的反叛，「我在一個狀態裡，用文字把那狀態承接下來。」

張貼於臉書，而非交給媒體發表，「好處是很即時，跟心境同步，有無回應都沒關係。」如果沒有臉書這載體，「也許這些字就只是放在我的電腦或筆記本。說不定關於枕木的想法，根本是因臉書而來的。如果我只對一個誰訴說這些，可能會對那人造成負擔，所以我貼上臉書，設為公開，那意味著，沒有一個人要單獨承擔這些。」

確實，所有人都移民臉書了。《給冥王星》有篇〈暱稱的流浪〉，遺跡般留下MSN身影。但臉書的普及、讀者與作者之間距離的消弭，是否會傷害散文書寫（可能需要的陌生感）呢？

張惠菁引用日本學者大澤真幸（Osawa Masachi，1958-）對社會學的解釋。再談到社會學如何討論「社會秩序如何可能？」的問題時，大澤真幸說：「當要問『○○如何可能』的問題時，最重要的態度是『雖然現實有這件事情，但那看起來就像是奇蹟一樣』。」張惠菁說：「我覺得他這個說法很poetic也很可愛，社會上各種『現況』，仔細想想並沒有非如此不可、非在這個時空以這種形式成立的理由。而是就像奇蹟一樣，其中包藏著無數的偶然。也許書寫散文的起點，常常就是這個奇蹟感。」

如果缺乏能在尋常中看見奇蹟的眼光，就算迢遠抵達亞歷山卓奇特挑高的旅館，「可能只會覺得房間性價比不高，而寫出一則消費指南。」有時奇蹟並非存在於凝視對象，「也可能自己也構成其中的一部分。或是，在自我與他人的相對關係中。就像，當我發現媽媽的敘事居然與我如此不同，真是奇蹟啊，某種程度，也為了誌記這個奇蹟，才去放下一塊枕木，給予自己下一個站立的位置，是既看到自己，也看到對方的。」

從日常瞥見「事物的此刻並非必然，那銜接的方式彷彿奇蹟」的能力，或許會隨著人在時間中，認知發生變化而遷移；感受奇蹟的方式、出現異質感的刺點，也可能變為不同。張惠菁說，「以前的我相當容易焦慮，也很擔心未知的未來。」如今，她比較習慣置身於擁有各種專業、聰穎過人的朋友中，「當一個路人」。我忽然想起距離地球非常非常遙遠的冥王星，不管人類如何命名與除名，冥王星就是它自己。變化劇烈的時代，誰能預言明天？喝乾杯中的酒，「需要的時候，就為自己放下一塊枕木，走向前去。在虛空無垠的宇宙中，我們仍然擁有如此——敘事的力量。」

我愛讀 104

給冥王星（2021 經典版）

作者　張惠菁

社長　陳蕙慧
副社長　陳瀅如
責任編輯　陳瓊如（2021 年二版）
行銷業務　陳雅雯、趙鴻祐
封面設計　朱疋
內頁排版　宸遠彩藝
印刷　呈靖印刷股份有限公司

出版　木馬文化事業股份有限公司
發行　遠足文化事業股份有限公司（讀書共和國出版集團）
地址　231023 新北市新店區民權路 108 之 4 號 8 樓
電話　02-2218-1417
傳真　02-8667-1065
客服信箱　service@bookrep.com.tw
客服專線　0800-221-029
郵撥帳號　19588272 木馬文化事業股份有限公司
法律顧問　華洋法律事務所　蘇文生律師

二版一刷　2021 年 6 月
二版三刷　2023 年 11 月
定價　NT$360
ISBN　9789863599661

國家圖書館出版品預行編目

給冥王星 / 張惠菁作 . -- 二版 . -- 新北市 : 木馬文化事業股份有限公司出版 : 遠足文化事業股份有限公司發行 , 2021.06
面； 公分
2021 經典版
ISBN 978-986-359-966-1（平裝）
ISBN 978-986-359-967-8（平裝簽名版）

863.55　110007672